内田百閒と

鉄道無常

宮脇俊三を読む

酒井順子

角川書店

鉄道無常

内田百閒と
宮脇俊三を読む

目次

装丁　大原由衣
装画　井筒啓之
地図　本島一宏

1

鉄道紀行誕生の背景は？

「なんにも用事がないけれど、汽車に乗って大阪へ行って来ようと思う」　内田百閒

「鉄道の『時刻表』にも、愛読者がいる」　宮脇俊三

鉄道好き、そして鉄道紀行好きにとってはつとに名高い、これらの文章。前者は「特別阿房《あほう》列車」の、冒頭部分の一文である。昭和二十六年（一九五一）から「小説新潮」に掲載された「阿房列車」シリーズの端緒となったのが、「特別阿房列車」の旅だった。

後者は、昭和五十三年（一九七八）に刊行された、宮脇俊三《みやわきしゅんぞう》の処女作『時刻表2万キロ』の、最初の一行。ベストセラーとなったこの作品以降、宮脇は鉄道に関する本を多数、書き続けた

が、彼の作家としての人生は、この一行から始まった。

宮脇俊三は、内田百閒《うちだひやっけん》「阿房列車」シリーズの愛読者だった。「阿房列車讃歌」という宮脇のエッセイには、「阿房列車」を初めて読んだ時の衝撃が、

「自分だけの恥しい密かな楽しみであると思っていた『汽車』が風格のある文学になっている！　そのときの気持ちは複雑だった。感服と安堵、それに若干の羨望嫉妬が混じったように思う」

と、綴《つづ》られている。

それまでは特に興味を持っていなかった内田百閒という作家は、以来宮脇俊三にとって、「読まずにはいられない人となった。とくに『小説新潮』の阿房列車は欠かさず読んだ。次作の発表が待ち遠しかった」

という存在となった。

「阿房列車」を読んだ時の宮脇俊三は、二十代の半ば。中央公論社の、若き編集者だった。宮脇は、麴町《こうじまち》の百閒宅へと赴いたこともある。しかしそれは、仕事での訪問ではない。原稿依頼のために訪れることもできたけれど、「例の『世の中に人の来るこそうるさけれ、とはいふもののお前ではなし』の張り紙を見ただけで満足して引返した」のだ。それは「編集者としての職業意識より鉄道好きの先達に対する敬愛の念が上回った」からこその、訪問だった。

「世の中に……」と書かれた紙が百閒邸に張り出されていることは当時、よく知られていた。

紙を見ただけで満足して帰ってきた宮脇青年は、それから会社勤めを続け、常務取締役となった五十一歳の時に、退職する。その後、ほどなくして刊行したのが、『時刻表2万キロ』だった。

明治二十二年（一八八九）生まれの内田百閒と、大正十五年／昭和元年（一九二六）に生まれた宮脇俊三は、相見《あいまみ》えたことはない。しかし宮脇が作家となった後も、宮脇にとって百閒は、大きな存在であり続けた。

「原稿用紙に向っていても、百閒先生の名描写がちらついて筆が重くなる。真似をすまいと思うだけでも相当なエネルギーが消費される」

と、「阿房列車讃歌」にはある。

始めに記した、「特別阿房列車」と『時刻表2万キロ』冒頭部分の文章は、それぞれ日本人にある種の衝撃をもって、迎えられた。「なんにも用事がない」のに百閒が汽車で大阪に行っていた頃、普通の人にとって鉄道は、何かの用事を持つ人が乗るものだった。商用、観光、帰省に上京等、目的を果たすために移動する「手段」が、鉄道だったのだ。

種田山頭火《たねださんとうか》のような人も目的地までは汽車に乗っているが、彼もまた、無目的ではない。ただふらふらしに行くのではなく、行く先々で行乞《ぎょうこつ》をし、今風に言うならば「自分探し」をするために、汽車に乗ったのだ。

対して百閒の旅では、行った先での目的が本当に無いので、そこは目的の地ではなく、単なる行き先だった。彼の目的は、「汽車に乗る」ことそのもの。百閒にとって汽車は移動「手段」でなく、そのこと自体が「目的」であったのであり、だからこそ百閒は自身の行為を「阿房」と表現した。「阿房と云うのは、人の思わくに調子を合わせてそう云うだけの話で、自分で勿論阿房だなどと考えてはいない」のではあるが。

宮脇俊三の、

「鉄道の『時刻表』にも、愛読者がいる」

という文章にもまた、同様の諧謔《かいぎゃく》味が漂う。

前出の「阿房列車讃歌」において、「用もないのに汽車に乗りに出かけ、人の忌み嫌う時刻表を愛読する――。そんな人間は自分だけだろうと思っていた」と書いた、宮脇。時刻表は、列車の発着時刻を調べるための「道具」であり、数字の羅列でしかない。一般的には「見る」もの、「調べる」ものである時刻表を小説のように「読む」自分について書いた告白の書である『時刻表2万キロ』においても、手段と目的の逆転現象が見られるのだ。

目的なく、鉄道に乗る。時刻表を、読む。日本が右肩上がりの成長を続けている時代に、無益とも思われるそのような行為に大の大人が没頭していることを知り、読者は「そんな人がいるのか」と驚くと同時に、羨ましさを覚えたのではないか。

日本において鉄道紀行というジャンルを突然、それも完成形で示した、内田百閒。「特別阿房列車」から約四半世紀後、百閒とは異なるアプローチでそのジャンルを背負った、宮脇俊三。

二人がそれぞれもたらした「新しさ」と、二人が鉄道を通して示したものについて、これから考えていきたい。

日本の紀行文の歴史は、古い。『土佐日記《とさ》』では、土佐から京都へのスリリングな船旅の様子が綴られているし、『更級日記《さらしな》』は、上総《かずさ》国から京都へと上る道中から始まっている。

そこには当然、旅の目的がある。紀貫之《きのつらゆき》は船に乗りたいがために土佐から京都へ向かったわけではなく、国司として土佐に赴任し、任期が終わって帰国すべく、船に乗った。菅原孝標女《すがわらのたかすえのむすめ》にしても、国司だった父・菅原孝標と一緒に上総へ行き、任期終了によって帰ってきた。両者は「都に帰る」ための道中を、記録したのだ。

その後も、日本人は様々な旅を書き残しているのであり、当然ながらいずれもそこには旅の目的があった。物語にはなるが、『東海道中膝栗毛《ひざくりげ》』の弥次《やじ》さん喜多《きた》さんにしても、歩くことが好きでたまらないから旅をしたわけではない。あの二人は現実から逃避するための旅を、お伊勢《いせ》参りにかこつけて始めたのだ。

馬や駕籠《かご》といった移動手段が、庶民にとって現実的でなかった時代、人々はひたすら歩いて移動した。今であればウォーキングは目的と化すが、当時の人にとって歩くことは移動のための手段でしかなく、好きも嫌いもなかったことだろう。

やがて文明開化の時代がやってくると、革命的な移動手段である鉄道が登場する。新橋《しんばし》～横《よこ》浜間《はま》に、日本で初めて鉄道が走ったのは、明治五年（一八七二）のこと。明治七年（一八七四）には大阪〜神戸《こうべ》間が開業。その後も線路は延伸し、明治二十二年（一八八九）には両線が繋《つな》がって、現在の東海道本線となった。私鉄も次々と参入し、線路は日本のあちらこちらに延びていく。

明治五年九月十二日、新橋を発《た》った一番列車には、明治天皇が乗っていた。他にも皇族や、西郷隆盛《さいごうたかもり》、大隈重信《おおくましげのぶ》といったＶＩＰばかりが同乗。新橋停車場も横浜停車場も飾り立てられ、軍隊は祝砲を打ち、沿線には見物の人々が集まるという、大騒ぎに。動く蒸気機関車を初めて見た人がどのように驚き、感動したかを今、私達が想像することは困難だろう。

当初は特権階級の乗り物であった汽車も、しばらくすれば庶民の移動手段となってくる。明治二十年代になると、鉄道旅行の案内書が盛んに出版されるようになり、鉄道を利用して神社仏閣への参詣《さんけい》に赴くことがブームとなった。明治の作家達が記した紀行文にも、鉄道はしばしば登場している。

旅のスピード感は、鉄道の登場によって激変した。徒歩の時代であれば、江戸から伊勢参りをして戻ってくるまで、数ヶ月。道中、命の危険があるかもしれず、旅は一生のうちに何度もできるものではなかった。

それが鉄道の時代となると、せいぜい一週間もあれば、東京から伊勢参りをして、戻ってくることが可能に。水杯を交わす必要はなくなり、生涯に何度も旅をすることができるようになったのだ。

明治期の紀行文には、そんな変化について記したものもある。安政《あんせい》二年（一八五五）生まれの作家・劇評家である饗庭《あえば》篁村《こうそん》による『木曾道中記』は、

「鉄道の進歩は非常の速力を以て鉄軌《レール》を延長《のば》し、道路の修繕は係官の功名心の為に山を削り谷を埋む」

という文章で始まっている。明治二十三年（一八九〇）に東京朝日新聞に掲載されたこの紀行では、このまま線路が延び、道路が整備されていけば、あと三、四年もすれば、「巻烟草《まきたばこ》一本吸い盡さぬ間に蝦夷《えぞ》長崎へも到りエヘンという響きのうちに奈良大和へも遊ぶべし」と、スピード化によって狭くなる日本について予想されている。

彼には、「容易に得る楽みは其の分量薄し」とのポリシーがあった。そこで、「旅も少しは草《くた》臥《び》れて辛い事の有るのが興多し。あまり性来の便を極めぬうち日本中を漫遊し、都府を懸隔《かけへ》だちたる地の風俗を混《ま》ぜ交《こ》ぜにならぬうちに見聞き」しておきたいということで、彼は旅に出る。鉄道によって、離れた地から人のみならず文化や情報等も運ばれることによって、日本が少しずつ均質化してきたことを、彼は感じていたのだ。新橋〜横浜間に鉄道が走ったのは、安政生れの饗庭篁村が十八歳の時。歩いて旅をした時代を知っているからこそ、彼は鉄道が日本にもたらした影響をひしと感じたのだろう。

江戸時代最後の年である慶応《けいおう》三年（一八六七）生まれの正岡子規《まさおかしき》は、饗庭篁村より一世代若

い。すなわち物心ついた頃には鉄道が既に走っていた世代だが、子規も『はて知らずの記』において、鉄道によって日本が狭くなった感覚を記している。『はて知らずの記』は、松尾芭蕉《まつおばしょう》の『奥の細道』ゆかりの地を訪ねる旅について記した紀行で、明治二十六年（一八九三）に新聞「日本」に連載された。

出発の時、子規が向かったのは、上野《うえの》停車場。明治十六年（一八八三）に開業した上野停車場は、東北方面へと走る私鉄の日本鉄道奥州線（現・東北本線）のターミナルだった。

松尾芭蕉は、自分の庵を人に譲ってから、みちのくへ旅立っている。上野・谷中《やなか》の桜も「またいつ見られるか」と心細く思いつつ、親しい人達は皆、出立の前の晩に芭蕉と共に舟に乗り込み、千住《せんじゅ》で下船の後は、涙の別れ。

「行く春や鳥啼き魚の目は泪」

はその時の句であり、歩き始めてもしばらくの間、人々は芭蕉の背を見送り続けていた。

それに比べて今は……と、子規は思う。上野停車場では一人の知人に見送られたが、その人はわざわざ見送りに来たのではなく、たまたまそこにいただけ。

「松島の風に吹かれんひとへ物」

との句を子規は留別に詠むが、そこに芭蕉の旅立ちの時のような湿り気は漂わない。

さらには、

「されば行く者悲しまず送る者嘆かず。旅人は羨まれて留まる者は自ら恨む。奥羽北越の遠きは、昔の書にいいふるして、今は近き例えにや取らん」とも。鉄道の時代になってから、旅立つ人は悲しまないし、送る人は嘆かない。むしろ旅人は、居残る人から「いいなぁ」と思われるのだ。奥羽や北越が「遠い」というのは、もう昔の喩《たと》え……。

鉄道の登場から、二十年。汽車は、旅人の心理と、見送る人の心理を、このように変化させた。スピード化によって旅の味わいが減ずる、という饗庭篁村のような思いもあったが、だからといってもう、戻るまで何ヶ月もかかるような旅はできないのであって、篁村もまた、上野から汽車に乗って木曾を目指している。

正岡子規と同じ慶応三年に生まれた尾崎紅葉《おざきこうよう》は、

「己の最も好まぬのが、汽車に乗るので。其の甚しい事は、既に停車場《ステエシヨン》に入るさえ不快を感ずるくらい。三十分間以上車内に据らるるのは、一種の苦痛なるのである」

と、書いている。正岡子規と同い年で慶応生まれの紅葉は、鉄道という新しい乗り物に、馴染《なじ》むことができなかったのか。

紅葉は、神経衰弱の療養の為、新潟方面へ旅をした時のことを明治三十二年（一八九九）、『煙霞療養』との文章にまとめている。その中で汽車嫌いのはずの紅葉は、意外にも汽車旅を楽しんでいるのだった。高崎《たかさき》で官線に乗り換えると、「名にし負う碓氷峠のアプト式」を見るのは初めてということで、車窓にへばりついてもみる。

横川《よこかわ》と軽井沢《かるいざわ》の間の碓氷峠《うすい》は、勾配《こうばい》に弱い鉄道にとっての難所だった。しかしドイツから輸入したアプト式（レールと車体の歯車を嚙《か》み合わせて勾配を登る）という技術を導入することによって、碓氷峠を越える横川〜軽井沢間が、明治二十六年（一八九三）に開通。紅葉は、当時の最新交通システムを利用することによって、峠の景色を見ることができた。

その後も紅葉は、車窓の風景をおおいに楽しんでいる。北越鉄道で柏崎《かしわざき》近辺を走りつつ、佐渡《さど》が見えることに感心したり、日本海と米山《よねやま》峠に挟まれてトンネルが連続する様には、

「此を過れば、汽車を嫌う者も汽車に在るのを忘れ、喜ばしからぬトンネルも時に取っての興となって、なかなか神経などを衰弱させている段ではなかった」

とまで。

とはいえこの旅で尾崎紅葉が鉄道好きになったかといえば、そうではない。鉄道そのものが好きでたまらない、と宣言する人が登場するまで、私達はまだ、時をまたなくてはならない。そのスピードと輸送力に目を見張りながらも、鉄道が日本を大きく変えていく様子には戸惑いを抱いていた、江戸末期生まれの人々。正岡子規、尾崎紅葉と同じく慶応三年生まれの夏目《なつめ》漱石《そうせき》もまた、鉄道に対しては複雑な感覚を抱いていたようだ。

『草枕』は、漱石の実体験に基づいた物語。山中の宿にしばらく滞在していた主人公が、最後のシーンにおいて停車場へと出てきた時に抱くのは、

「汽車の見える所を現実世界と云う。汽車程二十世紀の文明を代表するものはあるまい」

との思いだった。

人は停車場に集められ、汽車に乗ったならば皆、同じ速さで移動する。

「人は汽車へ乗ると云う。余は積み込まれると云う。人は汽車で行くと云う。余は運搬されると云う。汽車程個性を軽蔑したものはない。文明はあらゆる限りの手段をつくして、個性を発達せしめたる後、あらゆる限りの方法によってこの個性を踏み付け様とする」

と、一度に大勢の人を高速で運ぶ汽車という文明に対する不信を記す。線路やダイヤに縛られ、操られることを、漱石は快く思っていないようだ。

かといって漱石が鉄道に乗らなかったわけではなく、鉄道の旅は何度となく行なっている。江戸末期生まれの人々は、鉄道に限らずあらゆる文明に接する時、不信感と利便性との板挟みとならざるを得なかったのではないか。

内田百閒は漱石の門下生であり、漱石を敬愛していたが、鉄道に対する意識は、師匠のそれを受け継いでいない。漱石より約二〇歳ほど若い明治人である百閒が汽車を見る視線に、漱石のような煩悶は混じらないのだ。

百閒の故郷である岡山には、百閒が生まれた二年後の明治二十四年（一八九一）から山陽鉄道（現・山陽本線）が走っているのであり、彼は物心ついた時から鉄道を目にしている、いわば鉄道ネイティブ世代。

大きくなってからネットに接した世代と、生まれた時からコンピューターやスマホが身近にあったネットネイティブ世代の間には大きな感覚の差があることを今、我々は痛感している。同じように、鉄道ネイティブと非ネイティブの間にもまた、その受容の感覚において、大きな差があったのではないか。鉄道紀行という新たなジャンルは、鉄道ネイティブ世代の百閒だからこそ、生み出すことができたのだ。

2

生まれた時から「鉄」だった

人は鉄道ファンに「なる」のではない。鉄道ファンとして「生まれる」のだ。

……とは、さる鉄道ファンの弁。確かに世の鉄道好き達の話を聞くと、物心ついてから次第に鉄道好きになったのではなく、記憶にないほど幼い頃から鉄道に夢中だった、というケースがほとんどである。

しかし、最初の「人は」は、「男は」と言い換えた方がいいのかもしれない。鉄道の世界には明らかに、男女差が存在する。そこは圧倒的に男の世界であり、鉄道ファンとして「生まれる」のもまた、男性が多い。

近年になって、「鉄道が好き」と表明する女性が目立つようになってきた。が、いわゆる鉄道おたくが集まるような場では、その多くが男性。今も男性優位の世界であることは、間違いないだろう。

鉄道ファンの世界のみならず、そもそも日本において鉄道は、「男が乗るもの」という色合いが強かったようである。宮脇俊三『時刻表昭和史』には、昭和九年（一九三四）当時の話として、

「一般に、汽車の旅は老人、女、子どもにとって危険をともなうことと思われていた」

とある。デッキから振り落とされる、車両のつなぎ目の幌《ほろ》が破れていて線路に落ちるといった事故の他、スリやかっぱらい等の犯罪も多かった、当時の汽車、特に三等車には物騒なイメージが強かったようであり、宮脇の母親は、決して三等車に乗ろうとしない。

内田百閒も、昭和二十五年（一九五〇）の「特別阿房列車」の出発前、東京駅において地下道の人の群れを眺め、

「ろくな人相の男はいない。たまに女が混じって来る」

と記している。女の客は、稀《まれ》だったのだ。ちなみにこの後には、「女の人相は男よりまだ悪い」と続く。敗戦から五年後、鉄道はようやく戦前並みの運行状況に戻ってきたものの、人々の生活の混乱は続いていた。そんな中で鉄道は、女性にとってはまだ物騒な乗り物で、表情も自《おの》ずと険しくなったのではないか。

時代がぐっと下って一九七〇年代になれば、雑誌「アンアン」や「ノンノ」の影響で、女性一人、もしくは女性同士で旅をする姿が多く見られるようになってくる。アンノン族の女性達

は、鉄道が実はジェンダーフリーな乗り物であることを、世に知らしめる存在だった。

近年は鉄道ファンの世界にも女性が進出するようになっているが、「鉄道が好き」という心の持ちようにも、男女差がある。男性は「所有」を求め、女性は「関係」を求める生き物であると精神科医の斎藤環《さいとうたまき》氏は記しているが、鉄道の世界にも、それは当てはまるのではないか。鉄道に関する多くの知識を得ること。多くの路線に乗ること。模型等の物品の収集。……そんな行為に夢中になる男性鉄道ファンは、「鉄道」という世界そのものを所有したがっているように見える。

対して女性の場合は、知識や経験、物品等の集積にはこだわらず、「列車に揺られている感じが好き」という人が多い。鉄道と自分との間に生じる心地よい関係が重視されているのであり、その時の車両が何であるかや、どんなダイヤで走っているかには、さほど興味が無いのだ。

もちろん女性でも、鉄道に関する事物を「所有」することに熱心な人もいる。が、割合としては男性に比べて少なく、また今まで脈々と男性によって作られてきた「鉄道を好きになる方法」を踏襲し、男並みになるべく頑張って学習している人も、まま見られるのだった。

しかし、男性鉄道おたくのようなやり方だけが、鉄道を愛する方法ではあるまい。鉄道趣味は今後、おたくだけのものから解放されていくことになるのではないか。

鉄道ファンのあり方は、時代によって変化する。前章で記したように、明治時代の紀行文において、鉄道に対する尋常ならざる愛を告白する人はまだ、見られない。江戸時代に生まれて、鉄道の登場を驚きと共に受け止めた世代の人々は、鉄道で旅をすることに新鮮な喜びを見出《みいだ》してはいるが、あくまでそれは移動手段だったのだ。

幸田露伴《こうだろはん》は明治三十年（一八九七）に、水戸《みと》までが開通したばかりの常磐線《じようばん》に乗って、東北方面への旅をしている。その旅について書いた「うつしゑ日記」では、杖《つえ》や笠《かさ》の用意もせず、ただ景色を見るために目を動かすだけであとは座っていればいい、という鉄道の旅について、

「今さら云はんも愚かながら汽車といふものの恩恵なり」

と記している。各地に次々と線路が延びていったその時代、露伴が綴《つづ》る鉄道に対する思いは、その機能に対する感動であって、鉄道そのものに対する愛ではない。

とはいえこの時代にも、普通の人よりも深く鉄道に関心を持つ人はいた。前章にも登場した饗庭篁村による「箱根《はこね》ぐちの記」には、友人と箱根へ行く様子が記されるが、そこに見えるのは「鉄道通」という言葉。文字通り、鉄道に通じている人、との意味と思われる。

篁村自身は、旅好きではあっても、鉄道通ではなかったらしい。この旅でも、駅で汽車を待っていたら、その汽車が通過してしまって乗ることができないといった、鉄道通であったらあり得ない失敗をおかすのだった。

では、篁村が「箱根ぐちの記」を記した明治二十二年（一八八九）に生まれた内田百閒のことを「鉄道通」と称するのは適当かというと、そうではないように思う。江戸末期に生まれた篁村達の世代には、大人になってから汽車に通じるようになった「鉄道通」はいても、「鉄道

ファンとして生まれる」という〝ナチュラル・ボーン・鉄〟は、おそらくまだいなかった。内田百閒のような人こそが、ナチュラル・ボーン・鉄の第一世代なのではないか。

内田百閒は、岡山県岡山市　古京町《ふるぎようちよう》の造り酒屋「志保屋」の長男として生まれている。彼が生まれた明治二十二年は、明治五年に新橋〜横浜間に走った鉄道が東海道本線として次第にその線路を延ばし、ようやく神戸まで通じた年でもあった。

そんな年に生まれた百閒の本名は、榮造《えいぞう》。前年に亡くなっていた祖父の名をそのままとっている。「百閒」は、俳句に熱中していた岡山第六高等学校時代、岡山を流れる百間川からとった俳号である。

百閒は、子供の頃から汽車が好きだった。「れるへ」には、

「子供の時から汽車が好きで好きで、それから長じて、次に年を取ったが、汽車を崇拝する気持は子供の時から少しも変らない。外の事では随分分別がつき、利口になっている様であるが、汽車と云うものを対象に置く限り、私は余り育っていない」

とある。

子供の頃から汽車の絵が大好き。線路の近くにある家に遊びに行った時は、

「遠くに汽笛の音が聞こえたり、地響が伝わったりすると、すぐに表に飛び出して行った」

（「汽笛一声」）

という、子供時代だった。友達と集まれば、一列に並んで汽車ごっこ。造り酒屋の庭には、

まだ底がはまっていない桶《おけ》があり、それを隧道《すいどう》(トンネル)代わりに通り抜けて、大人に怒られることもあった。

「通過列車」には、中学校、高等学校に通っていた頃、通過列車を見るために、西大寺駅《さいだいじ》(現・東岡山駅。現在の西大寺駅とは別の場所)にしばしば通っていたことが記されている。百閒青年は、「汽車の時間表」は大体暗記しており、「第何列車が何時何分に通過すると云う位はいつでも知っていた」ので、「目当ての汽車を見る為に自転車を走らせ」たのだ。

西大寺駅に自転車を停めて待機すれば、汽車が次第に近づいてきて、一瞬のうちに通り過ぎていく。「ほっとして改札を離れ自転車に乗って帰って来る」のだが、「野路を走る途途《みちみち》、今目の前に見た壮大な光景を何度も心の裡に繰り返してたんのうする。又来て見ようと思う」。

西大寺駅を通過する汽車と並んで青年百閒の心を捉《とら》えたのは、岡山駅に停車する、新橋行急行列車の姿だった。当時、岡山駅を発着する優等列車は、新橋と下関《しものせき》を結ぶ第五・第六列車のみ。下り列車の列車番号は奇数、上りは偶数というのは現在でも同様であるが、百閒が楽しみにしていたのは、午後7時22分に岡山駅を発車していた、上りの第六列車である。

当時の岡山駅の歩廊(ホーム)の端には半鐘が吊《つ》るしてあり、第六列車が近づくにつれ、その半鐘が鳴らされた。

「その時分ただ一本の急行列車が構内一帯に鳴り響く鐘の音につれて堂堂と歩廊に迫って来る光景は、田舎の駅を風のかたまりの如く走り抜ける大きな汽車と共に私の英雄崇拝の対象であった」(「通過列車」)

ということなのだ。

小さな西大寺駅を走り抜けていく、汽車。半鐘の音に迎えられ、岡山駅にその姿を見せた、汽車。それらは百閒にとって、「英雄」以外の何ものでもなかった。

百閒青年が眺めていた当時は山陽鉄道(一九〇六年、百閒が十七歳の時に国有化され、その三年後に「山陽本線」と名称変更。上京前の百閒青年は、山陽本線をも眺めていたはずだが)のみが走っていた西大寺駅だが、現在の東岡山駅には、赤穂《あこう》線も乗り入れているのみならず、見上げれば高架の上を、山陽新幹線が走り抜けていく。百閒が生きていたなら、この「通過列車」を、どう見ることか。

また現在の岡山駅では一日に何本もの新幹線が発着し、東京や博多《はかた》との間を結んでいる。もちろんホームに半鐘などなく、電子音のベルが響くのみ。

新橋まで走る列車は一日に一本しかなかった、百閒の青年時代。当時走っていた蒸気機関車は、スピードにおいては新幹線と比べるべくもない。しかし季節によってはまだ西日が残る方角から姿を現す第六列車の漆黒の威容は、どれほど速い新幹線をも凌駕《りょうが》する、優等列車の貫禄《かんろく》を放っていたことだろう。

百閒は、大人になってから明石《あかし》駅において、「下りの下ノ関急行」が通過するのを見た時、「途方もない大きなキルクの栓を抜いた様に、さっと行ってしまった後の豪爽な気持にふと少年時代の血汐が漲り返った様に思われた」（「通過列車」）

と書いている。英雄としての汽車を崇拝する気持ちは、大人になった百閒の胸の中にも、存在し続けていた。

一方の宮脇俊三は、百閒が三十七歳の年である大正十五年／昭和元年（一九二六）、埼玉県川越《かわごえ》市に生まれている。七人きょうだいの末子である俊三が生まれたのは、大正天皇崩御の約二週間前のこと。

俊三が生まれた当時、父・長吉《ちょうきち》は陸軍大佐だった。気球隊長として埼玉にいたのだが、俊三が一歳の時、陸軍を辞して第一回普通選挙に香川一区から立候補し、当選。政友会の代議士となる。

「代議士として選挙区を往復することが多かったからであろう、私の家には、いつも汽車の時刻表が置いてあった。私が時刻表にとり憑かれるようになったのは、そのせいであったと思われる」（「オヤジ」）

ということで、俊三が鉄道好きになったきっかけの一つとして、父親の存在が挙げられよう。代議士の子息・宮脇俊三は、いわゆる「お坊ちゃま」だった。その上、父・長吉が四十六歳の時の子供ということもあり、たいそう可愛がられて育っている。

「お坊ちゃま」という点は、内田百閒と共通している。造り酒屋といえば、土地の名家。長男それも一人っ子であった百閒もまた、大切に、そしてわがまま放題に育てられたお坊ちゃまだったのだ。

お坊ちゃまの二人には、他にも共通点があって、それは「父親の挫折《ざせつ》」。百間の父・久吉は入り婿として志保屋に入り、一時はかなり商いを拡げていた。しかし使用人に使い込みをされたり、自身が妾《めかけ》に入れ込んだりといったことが重なって次第に店の経営は傾き、やがて倒産。久吉は、百間が十六歳の時に、病死する。

一方の宮脇長吉は、五期連続で代議士を務めるが、次第に日本は戦争の気配に包まれていった。長吉は陸軍出身ではあったが、軍部が政治に関与することに対しては批判的な考えの持ち主であり、そんな時に起きたのが「黙れ事件」だった。

昭和十三年（一九三八）、国家総動員法が衆議院で審議されている時、説明していた佐藤賢了《さとうけんりょう》中佐に対して、議員達からヤジが飛んだ。ヤジっていた一人である宮脇議員に対して、

「黙れ」

と中佐が怒鳴ったというのが、「黙れ事件」。軍部に対して批判的な国会議員を、一軍人が怒鳴りつけるという行為が、この時代の空気を表していよう。

宮脇議員は、昭和十七年（一九四二）の翼賛選挙で落選する。この選挙は、「翼賛政治体制協議会が立候補者のうち政府に都合のよい者だけを推薦するという憲政史上例を見ない干渉をおこなった」（『時刻表昭和史』）という選挙。推薦候補ではない宮脇長吉のポスターは剝《は》がされ、演説会は妨害された。新聞にも、推薦候補ではない者には投票をするな、といったことが

記されている中で、長吉は落選し、議員の職を失う。

「オヤジ」には「戦後も父の仲間だった自由主義者たちが政界に復帰していくなかで、旧軍人であるがゆえに公職追放令を受け、選挙に出られなかった」と、長吉について記される。俊三の兄である長男、次男は、若くして病死している。俊三青年は「父の地盤を受け継いで身代り候補になるには、あまりに若すぎたし、それより何より、私は政治などに関心がなかった」(「オヤジ」)。その後、宮脇長吉は昭和二十八年(一九五三)、脳出血で急逝する。時に長吉、七十三歳。俊三は、二十六歳だった。

お坊ちゃまとして育った二人は、このように父が失意の中で他界するというところも、共通している。しかしここで二人を、「若い頃に父親を失ったから、汽車という大きな英雄的存在に惹《ひ》かれた」と見るのは誤りだろう。二人は共にナチュラル・ボーン・鉄であり、父親がどれほど長生きしようと、鉄道は好きであり続けたに違いない。

とはいえ二人の中には共通して、自身を庇護《ひご》してきた大きな存在に対する、深い思いが存在している。事情が少し違っていれば、二人が父親の仕事を継ぐこともあったのかもしれないが、そうはならずに、二人の人生のレールは父の人生とは全く違う方向へと延びていった。しかしそのレールが行き着く先には二人とも、既に失われた大きな存在を見ていた気がしてならない。

3

人生鉄路のスタート地点

共に恵まれた家庭に生まれた、内田百閒と宮脇俊三。その後、東京大学へ進んだというところも共通しているのだが、二人の出自で大きく異なるのは、故郷を離れたか否か、という部分である。

百閒は、岡山の旧制第六高等学校を卒業した後、明治四十三年（一九一〇）、東京帝国大学文科大学へ進学する。上京後、百閒が故郷へ足を向ける機会は、極端に少ない。故郷への愛は人一倍で、随筆にもしばしば岡山のことを記しているのだが、滅多なことでは訪れないのだ。「阿房列車」の旅においても、何度か岡山を通過しながら、ホームに降りて周囲を眺めるだけで、駅の外に出ることはない。もちろん岡山を目的地とすることも、決してないのだった。

一方の宮脇は、生まれたのは埼玉県の川越だったが、一歳になるかならぬかの頃に、東京府豊多摩《とよたま》郡渋谷町《しぶやまち》、現在の渋谷に転居。宮脇にとって幼年期の原風景は、渋谷近辺である。

昭和八年(一九三三)、渋谷駅の小荷物窓口の厚板の下に、いつも一匹の老犬がいたことを、宮脇少年は記憶している。その白い秋田犬こそ、主人を亡くしたハチ公だった。

大学教授であった飼い主が急死した後も、渋谷駅で主人を待っていたハチ公。不憫《ふびん》に思った駅員や乗客が餌を与えていたのであり、ハチ公が駅に日参したのは餌に惹《ひ》かれて、というところが大きかったのではないかと、宮脇は書く。しかしハチ公は「二君に見《まみ》えぬ『忠犬』となり、犬でさえ主君の恩を忘れないのだと喧伝された。何事も忠君愛国に結びつける時代であった」(『時刻表昭和史』)。

宮脇少年はこの時、東京府青山師範学校(現・東京学芸大学)附属小学校の一年生。ハチ公を眺めつつ「出札口で二銭の切符を買って山手線に乗るのが、小学一年生になったばかりの私の最大の楽しみ」だった。

宮脇が八歳の時に、一家は世田谷《せたがや》区北沢《きたざわ》に転居する。敗戦後に一時熱海《あたみ》等に住むものの、基本的には東京二十三区の西部に生涯にわたって住み続けている。両親の故郷は香川県なので、いわゆる「三代続かないと云々《うんぬん》」という意味では江戸っ子ではないが、地方から一旗あげるべく東京に来た人々が、かつて農村であった東京西部を開発していってできたのが、東京という街。宮脇俊三もまた、一旗あげた親を持つ東京人であった。

若くして故郷を離れた百閒と、故郷を離れることがなかった宮脇。この違いは、旅をする者としての感覚に、微妙な、しかし確かな違いを及ぼしているように思う。宮脇にとっての東京は完全なる「ホーム」であったのに対して、百閒にとっての東京は、居住地でありながらもどこかに「アウェイ」感覚があったのではないか。

かといって百閒の「ホーム」は、岡山でもなかった。上京後、なぜ百閒が岡山へ行かなかったのかといえば、「変わってしまったから」。実家である造り酒屋の志保屋も、街も、子供の頃とは全く違ってしまったその様子を、百閒は見たくなかった。

百閒は二十六歳の時、母と祖母を岡山から東京に呼び寄せ、妻子と共に同居している。親に会うために岡山へ行く必要もなかったわけで、上京以降、故郷へ戻った回数は、ごくわずか。

岡山市は、戦争によって大きな被害をうけた。

「昭和二十年六月末の空襲で、当時三萬三千戸あった市街の周辺に三千戸を残しただけで、三萬軒は焼けてしまい、お城の烏城《うじよう》も烏有《うゆう》に帰して、昔のものはなんにもない。しかし岡山に生れて、岡山で育った私の子供の時からの記憶はそっくり残っている。空襲の劫火も私の記憶を焼く事は出来なかった」(「列車寝台の猿　不知火阿房列車」)

「私に取っては、今の現実の岡山よりも、記憶に残る古里の方が大事である」

ということで、「帰って行かない方が、見残した遠い夢の尾を断ち切らずに済むだろう」と、岡山に立ち寄ることはしない。故郷を愛しすぎていたからこそ、百閒はその地を見たくなかったのだ。

最後に岡山へ行ったのは死の二十九年前で、恩師が亡くなった時だった。しかしこの時も、駅から車で霊前へ向かい、お参りをしてすぐに車で駅へ戻ったということで、滞在時間はわずかに二時間ほど。

「不知火阿房列車」の時の百閒は、東京駅で乗車した「筑紫《つくし》」が途中で岡山に停車してもホームに降りるのみで、改札から外に出ることはない。停車している一〇分間、あらかじめ駅に呼んでいた「真さん」という幼馴染《おさななじ》みと、ホームのベンチに並んで座って、百閒の親戚《しんせき》のことや近所の様子などを話すだけ。

「真さん」とは、百閒と同じ町内の大きな米問屋の息子である、岡崎真一郎《おかざきしんいちろう》氏。当時は岡山ガスの社長であり、「彼は岡山で大変えらいが、そんな事は私に関係はない」。お坊ちゃん同士の二人は竹馬の友であり、「私に取って一番岡山のにおいのする、古里のかけらの様な友達なので、いつでも会いたい」のだ。真さんの中にある、時が経っても変わらない「古里のかけら」に接することが、百閒にとっては故郷に帰ることと同様の意味を持っていた。

百閒が訪れなかった百閒の故郷はどんな場所であったのか。私は、百閒生誕一三〇年の年（二〇一九年）に、岡山を訪れた。東京駅から岡山駅までは、新幹線で三時間余。その時間すら京都や大阪に比べると「長い」と思う世に、我々は生きている。

岡山駅の東口に立っているのは、桃太郎像ばかりではない。もっと目立つ場所にあったのは、

「六高生記念像」だった。百閒も卒業した旧制第六高等学校は、桃太郎と同等もしくはそれ以上の、地域の誇り。マントをなびかせ高下駄《たかげた》を履く男子生徒の銅像は未来の方向を見つめていたが、百閒自身は、六高に対しての思い入れはさほど強くない。百閒が子供の頃に、志保屋の近くに六高は造られたのだが、六高もまた百閒にとっては、馴染みの景色を変えてしまった存在なのだ。

駅前の像は、六高創立一〇〇周年を記念して建てられたもの。百閒がもしもこの像を目にしたならば、への字になりがちな口角が、ますます下がったのではないか。

百閒が生まれた古京町は、岡山市中心部から東の方へ向かい、旭川《あさひがわ》を渡って後楽園《こうらくえん》を越えた辺りである。生家のほど近くにある後楽園は、百閒の子供の頃からの遊び場だった。

生家の志保屋は、跡形もない。生家跡地を示す百閒の句碑は、現在は近くにある会社の敷地内に移設されていた。しかし百閒の句であることを示す案内板等はなく、碑の上にある牛の像(百閒は丑《うし》年生まれ。子供の頃、牛に興味を示したら親が牛を買ってきたという逸話も)を目印にして探さないと、発見は難しい。

志保屋があったと思《おぼ》しき場所は、今は大きなマンションになっていた。百閒ファンであれば是非とも住みたいマンションであろうが、おそらくそのような気持ちから住むようになった人はいまい。

生家跡から五分と歩かない所に、旧制六高はあった。その地に今は岡山県立岡山朝日高校という県下有数の進学校があり、学校の周辺には、塾や予備校の看板が立ち並ぶ。六高時代は男子しかいなかった校地に、今はセーラー服姿の女子生徒の姿も見られるのだった。校門は六高時代のものであり、広い校内には六高ゆかりの碑や、歴史を感じさせる建造物が多く見受けられる。

百閒によると、生家から岡山駅までは一里、西大寺駅（現・東岡山駅）までは二里。百閒が通過列車を眺めるべく、自転車で通っていた西大寺駅までは、つまり約八キロの距離がある。生家付近から東岡山駅までは、車でも一〇分以上。それは自転車で行くには決して近くはない距離である。今は国道沿いに飲食店や量販店が立ち並ぶ、地方によくある光景が続くのだが、百閒が自転車で走っていた時代には、田んぼが広がっていた。ただ通過する列車を見るためだけに、百閒はこの道をせっせと自転車で往復していたのだ。

何がきっかけということでなく、気がつけば鉄道好きになっていたという人の中には、家の近くに駅や線路があって、子供の頃から日々列車を眺めていたという人が、比較的多い。百閒の生家は、駅も線路もさほど近くはない場所にあるが、自転車で行くことができる距離に線路があり、新橋と下関を結ぶ当代きっての長距離列車を見ることができたという環境が、彼の鉄道熱を育《はぐく》んだのだろう。

明治四十三年（一九一〇）、百閒は岡山駅と宇野《うの》駅を結ぶ宇野線開通の折、その初乗りにも出かけている。時に百閒、六高の三年生。開通当日は、朝五時頃に岡山駅に出かけ、一番列車の切符を購入している。

「宇野鉄道は短かい間に隧道もあり鉄橋もあって初乗りの乗客に一通りの旅行をした様な満足を与えた」（「初乗り」）

とあるように、百閒青年は新線の初乗りを堪能《たんのう》したのだ。

百閒が列車に乗ることだけを目的とするのは、「阿房列車」が初めてではない。宇野線の初乗りにおいても、宇野駅到着後、「何をすると云うあてもない」ので、すぐ折り返しの列車に乗り、岡山駅へ戻っている。「帰り途の事は不思議に何も覚えていない」ともあるのだが、この感覚は、様々な男性鉄道ファンを見てきた私には、納得できるものがある。

初めて乗る線であっても、終点で折り返して往復する場合、復路は「二度目」。鉄道ファンにとって初めて乗る線と二度目に乗る線とでは、処女を相手にする時とそうでない女性を相手にする時のような感覚の違いがある気がしてならない。

初めて乗る路線において興味津々で乗車していたのに、終点から折り返した瞬間に、うつらうつらし始めた男性鉄をかつて見たことがある。基本的には列車内であまり寝ることのない鉄道ファンではあるが、初乗り路線が終わった瞬間に緊張が切れる、ということはあるのだ。百閒が宇野線の復路についてはまるで覚えていないのも、同じような感覚のせいではないか。

宮脇俊三の場合は、東京の渋谷で育ったこともあって、鉄道趣味に関しては早熟である。今の渋谷とはもちろん異なる光景ではあるが、列車を見るには事欠かなかった。

宮脇が幼少期を過ごしたのは、渋谷と原宿《はらじゅく》の中間の東側。当時の渋谷は、駅から道玄坂《どうげんざか》にかけては繁華街があったが、そこを外れると、所々に空き地があった。

宮脇少年の遊び場は、市電の青山《あおやま》車庫に付随した試運転場、試運転場の外れに裏門があった梨本宮《なしもとのみや》邸、そして梨本宮邸と山手《やまて》線の線路の間に広がっていた、原っぱ。その三ヶ所で駆けずりまわっていた宮脇少年の心を捉《とら》えていたのは、原っぱから見える山手線の姿だった。

山手線は宮脇が生まれる一年前、大正十四年（一九二五）に、環状運転を開始している。同年には複々線化もされており、列車は現在とさほど変わらず、約四分毎に走っていた。自転車に乗って列車をわざわざ見に行っていた百閒とは異なり、宮脇少年にとって列車が走る姿は日常の風景だったのである。

宮脇少年は、漫然と山手線を眺めていただけではなかった。「毎日同じ時刻になると、きまった編成の貨物列車が通るらしいことに気づいた」（『時刻表昭和史』）のである。

国会議員である父親がしばしば出張に出ていたため、宮脇家には時刻表が常備されていた。その時刻表には貨物列車の時刻は載っていなかったのだが、ひっきりなしに走る山手線もまた、超特急「つばめ」などの優等列車と同様に時刻表に則《のっと》って走っているといったことを時刻表によって知り、少年はますます鉄道と時刻表の世界に惹かれていくのだった。

このような環境で育った宮脇少年は、鉄道を見ることだけでなく、実際に鉄道に乗ることへの目覚めも早い。小学校一年生になってほどない頃、彼は近所の「ターちゃん」と共に、親には内緒で渋谷駅へ行く。最も安い切符を買って、子供だけで山手線に乗ったのだ。味をしめた少年は、その後はしょっちゅう、一人で山手線に乗ることになる。

ナチュラル・ボーン・鉄である鉄道ファン達にその少年時代について訊《たず》ねてみると、彼等は皆、こと旅については自立が早い。鉄道乗りたさに、小学校の高学年にもなると、かなり遠くまで一人旅を敢行していたというケースも、珍しくないのだ。

しかしまだ鉄道趣味の世界が確立していない戦前に、小学一年生の身空で一人、山手線に乗る宮脇は、やはり早熟と言うしかない。本人の資質あってこその行為ではあろうが、線路の近くの街で育ち、自宅には常に時刻表があるという環境もまた、大きく影響していたであろう。宮脇は幼少期から将来が約束された、鉄エリートだったのだ。

鉄エリート・宮脇は子供の頃から豊かな鉄道体験を積んでいったが、岡山に生まれ育った百閒にとって、人生での最初の大きな鉄道体験は「上京」だった。

前述の通り、六高を卒業した百閒は、東京帝国大学入学のために、故郷を出る。その時のことはしばしば随筆に記されているが、

「本家の栄は汽車が好きじゃから、はなむけをしてやろう、お前、栄はこれで二等に乗って行け」(「二本松　剣かたばみ終話」)

と、大叔父《おおおじ》が百閒に五円をくれたのだ。

明治の末の五円と言ったら、今の感覚では十万円近い価値があったと思われる。百閒はそのお金で、まずは岡山を午前2時43分に発《た》つ夜行列車に乗る。「高等学校を出たばかりで、笈《きゅう》を負って東上する志保屋の栄造」であったが、その心は晴れ晴れしていたわけではない。夜汽車が旭川の鉄橋を過ぎ、百間川の橋を渡る。「独り息子の我儘者が、古里を離れなければならぬこの轟音、泣くにも泣けぬ気持ちであった」。

一人で岡山を離れた時のこの気持ちは、百閒の中に生涯、残り続けたことだろう。以来、山陽本線は百閒と故郷を結ぶものであると同時に、百閒と故郷を引き離す存在でもあり続けた。

百閒は、そのまま夜汽車に乗り続けて大叔父からもらったお金を節約するようなことはしない。神戸で下車し、当時「最急行」と言われた新橋行の列車に乗り換えたのだ。

最急行とは、今の特急のようなもの。百閒が神戸から乗車したのは、日本で初めて長距離を走った最急行で、明治三十九年（一九〇六）に運行を開始した。

当然、岡山時代の百閒も、最急行に乗りたいと熱望していたことだろう。その気持ちを汲《く》んで、大叔父は餞別《せんべつ》として五円をくれたのだ。

神戸と新橋を結ぶ最急行は、一等車両と二等車両のみで編成されていた。一等は今の飛行機におけるファーストクラス、二等はビジネスクラス、三等はエコノミークラスという感じであるからして、高等学校を卒業したばかりの青年が二等で上京するのは、かなりの贅沢《ぜいたく》である。

志保屋の一人息子は「威張った恰好で食堂車へ行っ」て、ナプキンを持って帰ってきてしまったりもした。

が、朝に神戸を発ち、夜に新橋に着くこの列車において、百閒青年はそのほとんどの時間を、景色を見て過ごした。食堂車にいる時以外は、進行方向左側の窓を開けて半分顔を出し、流れる景色を夢中で眺め続けたのだ。新橋に到着すると、煤煙《ばいえん》などで顔の左側半分だけが真っ黒になっていたほど。

汽車が新橋に到着すると、延々と続いていた線路は、そこでおしまいになっていた。突き当たりには、東海道線の起点を示す杭《くい》が立っている。岡山にはなかった「線路のおしまい」を見て、単身上京した百閒は何を思ったのか。そして百閒の人生もまた、故郷から遠く離れた東京において、新たな起点を迎えることとなる。

4

それぞれの新橋駅、それぞれの鉄道唱歌

明治四十三年（一九一〇）七月、東京帝国大学に入学するため「笈を負って」上京した、二十一歳の百閒。岡山を出立し、神戸で「最急行」に乗り換える。「『最急行』は胸がすく様に、或は下痢している様に滅茶苦茶に走り続け」（「二本松」）、百閒は道中ずっと、窓から顔を出して景色を眺めていた。

「汽車が著《つ》いたのは汽笛一声の新橋駅である。線路がそこでお仕舞になって、真直ぐに突き当たる所は人の歩く歩廊である。私の田舎の停車場にはそう云う所はなかったから、それ丈《だけ》でも珍しかった」

　と「その時分」にはある。

　当時の新橋駅は、東海道本線のターミナル。線路がそこで終わっていることが、岡山からやってきた百閒には新鮮だった。

百閒のみならず、鉄道好きはターミナル駅に対して、特別な思いを抱くものである。ローカル線の端っこの駅にある素朴な車止めであっても、大きなターミナル駅における頭端式《とうたん》ホームの車止めであっても、そこで途切れる線路からは、「もうおしまい」という寂しさと、「ここからスタート」という希望とが感じられるのだ。百閒が上京時に新橋の車止めを見て感じたのは、どちらの感慨だったのか。

宮脇俊三も、終着駅についての本を書いている。その名も『終着駅へ行ってきます』では、北は根室《ねむろ》から南は枕崎《まくらざき》まで、各地の終着駅を訪れている。昭和五十九年（一九八四）刊行ということで、その後廃線となった標津《しべつ》線、留萌《るもい》本線、日中《にっちゅう》線といったローカル線のありし日の姿も、記されるのだった。

線路は、しばしば人生に喩《たと》えられる。だからこそ演歌に登場するのは、自動車と道路ではなく、列車と線路。線路が果てる地ということで、終着駅は演歌に取り上げられやすいモチーフである。

しかし宮脇は、演歌的情緒と共に終着駅を描くことはしない。淡々と記される乗客の様子や駅の佇《たたず》まいから、線路が終わる地に漂う哀愁が滲《にじ》み出るのだ。

百閒もまた、初めて降り立った新橋駅についての感慨を、大仰には書かない。が、新橋駅に対しては、人一倍強い思い入れを持っているのだった。

明治五年（一八七二）、鉄道の運行開始と同時に新橋駅は開業した。大正三年（一九一四）

に中央停車場（東京駅）が開業すると、東京の玄関口としての機能は、新橋駅から東京駅に移行する。この時、新橋駅は汐留駅《しおどめ》と名前を変えて、貨物専用駅に。山手線の烏森駅《からすもり》が新橋駅となって、「新橋」の名を継ぐことになる。

すなわち百閒が上京した四年後に、初代の新橋駅は、姿を変えた。それが気に食わない百閒は、「偽物の新橋駅」という随筆において、

「この新橋駅は『汽笛一声新橋を』の新橋とは丸で関係はない。日本の鉄道の歴史に一番大切な由緒のある昔の新橋駅の名を僭称した贋の偽物の新橋駅である」

と、怒っている。

現代まで続く二代目の新橋駅は、百閒にとって「偽物」。故郷・岡山にも、「変わってしまった」という理由で帰らない百閒は、変わってしまった新橋駅に対しても忿懣《ふんまん》やるかたない思いを抱いている。

ちなみに貨物の汐留駅は、昭和六十一年（一九八六）に廃止された。跡地は現在、「汐留シオサイト」となり、初代新橋駅の跡地には、開業当時の駅舎が再建されている。

跡地には、新橋駅開業当時と同じ場所に、線路の起点を示す「0哩標《マイルひょう》」のレプリカがある。現在は東京駅に東海道本線の0キロポストが立っているが、鉄道開業当時は新橋駅に0〝マイル〟ポストがあったのだ。

百閒は、初上京時に見た0マイルポストのことを記憶している。下車した列車の機関車と、

突き当たりの間に「僅かばかり線路が残っている。そこに東海道線の起点の杭が立っていた。その杭は勿論今の新橋駅に移ってはいないだろう」（「偽物の新橋駅」）と。

巨大なビルが林立する汐留シオサイトに再建された駅舎と、レプリカの0マイルポスト。百閒が今の様子を見たならば、その偽物感にまた、怒りだす気がしてならない。

明治の人々にとって新橋は特別な駅だったわけだが、宮脇家でも同様であった様子が、『時刻表昭和史』には記されている。時は昭和九年（一九三四）。当時小学校二年生の宮脇少年は、母と兄と共に、熱海旅行へ出かけた。東京駅始発の大垣《おおがき》行普通列車で向かうのだが、始発駅からではなく「母は迷わず新橋駅から乗った」。「新橋のほうが家から近いからでもあったが、当時は東海道本線は新橋から乗るものという明治の習慣がまだ残っていたように思う」。

それは百閒言うところの「偽物の新橋駅」ではあったが、とはいえ新橋駅に対して操を立てる明治の人々は、まだ存在したのだ。

百閒のような明治人が新橋駅に対して特別な思いを抱いた理由は、他にもあろう。前掲の文章に、

「汽車が著いたのは汽笛一声の新橋駅である」

とあるが、その「汽笛一声」とはもちろん、「鉄道唱歌」の歌詞。明治三十三年（一九〇〇）に『地理教育鉄道唱歌』との名で発売された書籍には、

「汽笛一声新橋を　はや我汽車は離れたり」

で始まって六十六番まで続く「東海道編」が収められている。この本がベストセラーとなったことにより、第二集「山陽・九州」、第三集「奥州・磐城線《いわき》」……と、第五集までが次々に出版され、合計で一〇〇〇万部以上が売れる大ヒットとなった。

七五調のこの歌の詞を書いたのは、国文学者の大和田建樹《おおわだたけき》。旅好きの大和田は、軍歌や唱歌の作詞を手がける人気作詞家でもあった。地理の知識のみならず、歴史や文学にまつわる情報も大和田は「鉄道唱歌」に盛り込み、日本人の旅心を誘ったのだ。

第一集「東海道編」の終点は、神戸。六十五番の歌詞には、

「おもへば夢か時のまに　五十三次はしりきて

神戸のやどに身をおくも　人に翼の汽車の恩」

とある。当時、新橋～神戸間は、急行で十七時間余。東海道五十三次を歩いて旅をした時代と比べると、まさに「人に翼」であり、人々は「汽車の恩」を感じずにいられなかったのであろう。

明治二十二年（一八八九）生まれの百閒は、『鉄道唱歌第一集』発売当時、一〇歳。「鉄道唱歌」の洗礼を受けた「鉄道唱歌チルドレン」である。

「汽笛一声」には、

「手沢《しゅたく》の本まで米塩に代えなければならぬ様な貧乏を通ったので、蔵書と云うものがなくなってしまった私の手許に、鉄道唱歌の初版本が残っているのは誠に有り難い」

とある。志保屋がつぶれ、手垢《てあか》で光沢が出てきたような本まで売り払わざるを得なくなっても、百閒は『鉄道唱歌』の初版本だけは、手元に残したのだ。

その本の表紙の裏には、汽車の絵があった。

「今見ると、そう云う汽車の姿が、形は人間でなくても、自分の子供の時のその儘《まま》の姿である様に思われる」

と百閒は書いているが、この「列車との一体化」を切望する感覚は、鉄道好き男児に顕著である気がしてならない。昔も今も、彼等の究極の目的は、「列車と一つになる」ことなのではないか。

宮脇少年にしても、同様である。前出の昭和九年の熱海旅行の折、宮脇少年は兄と一緒に、連日近くのトンネルの出口へ行って、汽車を眺めている。「富士」、「桜」、「燕《つばめ》」等、兄弟はたくさんの特急列車の通過を、時刻表と照らし合わせながら見物する。しかし次第に、列車を見ているだけでは、満足できなくなるのだ。

「線路際で見ていたのでは、『燕』はすぐ通り過ぎてしまう、乗っていればいつまでもいっしょにいられる、やっぱり乗らなくちゃ駄目だと思った」（『時刻表昭和史』）

と、七歳の時の思いを宮脇は描いた。

岡山で「鉄道唱歌」の挿画を見て、自身と列車とを重ね合わせた、明治の内田少年。そして熱海の線路際から通過列車を飽かず眺めて、「いつまでもいっしょにいたい」と思った、昭和の宮脇少年。二人は時を経た後に、鉄道についての文章を書くようになる。彼らは共に、疾走する大きな鉄の塊と一体化したいという希望を、大人になっても持ち続けたのだ。

百閒は「阿房列車」シリーズにおいても、しばしば「鉄道唱歌」について記している。一回目の「特別阿房列車」では、「鉄道唱歌」を暗唱できることを披露。彼は歌うことが好きだったようで、「鉄道唱歌」や明治の軍歌などを、旅の宿の酒席では歌っている。それも「咽喉《のど》から血の出る程にどならないと気が済まない」(「奥羽本線阿房列車」)たちだったので、同宿の客からクレームが寄せられたりもするのだった。

鉄道唱歌への愛が高じて、昭和二十七年(一九五二)に刊行された単行本『阿房列車』の巻末に、鉄道唱歌の歌詞をそのまま掲載することを百閒は思いつく。ところが肝心の自分の初版本が、見つからない。やっと発見した日の日記に、

「出テ来タ鉄道唱歌ヲヨミテ　オ恥シイガ涙ポロポロ」

と書いた紙片が挟んであった、と平山三郎《ひらやまさぶろう》(「阿房列車」の旅全てに随行した国鉄職員。「ヒマラヤ山系」として百閒ファンにはお馴染《なじ》み)は、自著『阿房列車物語』に記している。

「鉄道唱歌」の初版本は百閒にとって、少年時代の象徴のような存在だったのではないか。涙もろい百閒は、だからこそ冊子が見つかって「涙ポロポロ」となった。

内田百閒が一〇歳の時に発売されたのが「鉄道唱歌」であるのに対して、宮脇俊三が一〇歳

の時に発表されたのは「新鉄道唱歌」である。『時刻表昭和史』によると、当時「国民歌謡」というものが制定され、ラジオ番組で盛んに流されていたとのこと。その中の一曲として「新鉄道唱歌」があった。

「帝都をあとに颯爽と　東海道は特急の　流線一路　富士さくら　つばめの影もうららかに」

という歌詞から始まるこの歌は評判も良かったようだが、宮脇少年は「鉄道唱歌」に比べると「歌詞が臨場感に乏しく」「線路の響きがなく、スピード感だけを強調したような歌」と感じていた。彼がそんな「新鉄道唱歌」の歌詞を暗記していたかは定かでないが、東海道本線の全駅は、当然のように暗記していた。この年には、東海道本線の全一〇二駅を四十八秒で暗唱、という特技を学芸会で披露。昔も今も、「東海道本線全駅暗唱」は、鉄道少年にとって最も基本的な知識であり、芸である。


宮脇少年が「新鉄道唱歌」を初めて聞き、そして学芸会で東海道本線の駅を暗唱した昭和十二年（一九三七）、百閒は四十八歳。東京に出てきてから、既に四半世紀以上が経過している。

その間、百閒がどのような人生を送っていたか、ここでざっと振り返っておこう。東京帝国大学に入学した百閒は、上京の翌年、かねて敬愛していた夏目漱石を訪ね、漱石門下の一人となる。大学在学中、二十三歳で結婚。卒業後は、陸軍士官学校独逸《ドイツ》語科教授、法政大学教授等を歴任し、三十三歳の時に初の単行本『冥途』を刊行する。

根が我儘なお坊ちゃんである百閒は、収入の多寡にかかわらず、のびのびと金を使った。生活は常に苦しく、三〇代後半は、執筆活動を続けつつも、債権者から身を隠すように暮らす。四〇歳になってから家を構えて妻ではない女性と暮らし始め、四十四歳で出した『百鬼園《ひやつきえん》随筆』はベストセラーに。……ということで、昭和十二年、四十八歳の百閒は、執筆活動も安定していた時代だった。

しかし日本は、この頃から不穏な空気に包まれていった。「新鉄道唱歌」発表の二ヶ月後には盧溝橋《ろこうきよう》事件が勃発《ぼつぱつ》。同年、日独伊防共協定が調印される。翌昭和十三年（一九三八）には、前に記した、宮脇長吉が関係する「黙れ事件」が発生。軍部の増長を象徴する出来事となった。

ここまで何度も取り上げている『時刻表昭和史』は、宮脇の鉄道経験を通して昭和史を描いた名著である。宮脇本人も、最も思い入れが強い作品として、デビュー作『時刻表2万キロ』と共にその名を挙げている。

昭和八年（一九三三）の山手線の思い出から始まり、第二次世界大戦前夜、戦争中、十八歳で迎えた敗戦の日までが綴《つづ》られているこの書（増補版では戦後についての記述も）。多感な時期を戦争の気配と共に過ごした宮脇の記憶は、明晰《めいせき》である。戦争の影響をじかに受けた鉄道という〝窓〟を通して見ることによって、時代の流れが立体的に迫ってくるのだ。

青少年時代の宮脇は、その家庭環境もあって、人並外れて多くの鉄道体験を重ねていたことが『時刻表昭和史』には記されている。小学校高学年にもなると、鉄道に乗るため、休日にあちこち出かけるように。昭和十五年（一九四〇）には、「不急不要の旅行はやめよう」とのポスターが見られるようになるが、翌昭和十六年（一九四一）には、父と二人で二泊三日の黒部《くろべ》旅行を決行。既に米は配給制になっており、米を持って旅館に泊まらなくてはならなかったが、かねて乗りたかった日本電力の軽便鉄道（現在のトロッコ電車）にも乗車している。

同年十二月には、日本が真珠湾《しんじゆわん》攻撃を仕掛け、太平洋戦争が始まる。翌年には、国策に合う候補者しか推薦しないという選挙において、宮脇長吉は落選。

それからの長吉は、鉱山関連の事業に携わった。昭和十七年（一九四二）には、富良野《ふらの》の近くにある石綿の鉱山を視察に行く折、俊三を同行させている。

当時の北海道は、今とは比べものにならないほど遠く感じられる地であり、北海道に行ったことがある人は滅多にいなかった。そんな中で旅立った十五歳の宮脇の感慨は、外国へ行くのと同じ、もしくはそれ以上のもの。

「もはや今日では地球上のどこへ行こうと、この思いを経験することはないだろう」

と、北海道へ足を踏み入れた時の思いを書いている。

盧溝橋事件が発端となり日中戦争が始まって以降、鉄道界では列車の削減、スピードダウンが続いていた。時刻表の誌面が「寒々としてきた」時代において、宮脇青年の目に「ひときわ華やかに見えた」のが、昭和十七年の、関門《かんもん》トンネル開通によるダイヤ改正である。本州と九州が、鉄路で繋《つな》がったのだ。

このダイヤ改正に伴い、鉄道省は二十四時制を採用し、「午前」「午後」の使用を止めている。関門トンネルの開通によって、宮脇は「日本の国土が大きくなったような感」を覚えた。既に満鉄等では二十四時制を採用しており、「関門トンネル開通を機に国鉄の発着時刻の表記が大陸なみの二四時制に変えられたのも、納得できるような気がした」。

この頃、百閒は岡山へ戻るために列車に乗っている。滅多に岡山に戻ることがなかった百閒だが、岡山中学校時代の恩師が亡くなったとの報を受け、急遽《きゅうきょ》帰郷したのだ。

同年十一月にダイヤ改正、その月の半ば過ぎの帰郷であったので、関門トンネルも二十四時制も、まだデビュー間もない頃である。夜11時発の下関行急行に乗るべく、その日の夕方に切符を買いに行った百閒。「窓口では腹で十一時と考えているのを二十三時の急行と云って見た。成程それで通じる。しかしそんな時刻を云うのは生まれて初めてだから、はたで何人か知った人が聞いてやしなかったかと云う気がした」(「夜汽車」)。

急行の行き先も、それまでとは変わっていた。トンネルの開通により、下関ではなく、鹿児島行になっていたのである。

百閒がダイヤ改正等の様々な変化に対して心を弾ませなかったはずはないが、しかし百閒はこの随筆の中で、関門トンネルの開通については、全く触れていない。東京から一気に鹿児島まで行くことができるようになった興奮も、示さない。鉄道を愛する男達は、その愛が強ければ強いほど、愛する対象を書く時の筆を、含羞《がんしゅう》と共に進めるのだ。

5

「鉄道は兵器だ！」の時代へ

昭和初期、それは鉄道華やかなりし時代だった。「富士」「桜」「燕」といった、愛称つきの特急が登場。特に昭和五年（一九三〇）に登場した「燕」は、東京〜大阪間を八時間二〇分で走破し、それまでの所要時間より二時間以上も短縮する〝超特急〟だった。また清水《しみず》トンネル、丹那《たんな》トンネルが開通したり、各地で電化や複線化が進んだりと、鉄道に勢いがあった時代だったのだ。

しかし日中戦争、そして太平洋戦争が始まると、軍需輸送のために、人を運ぶ列車の削減やスピードダウンが続き、貨物列車が増えていく。鉄道省は、「全輸送力を戦力増強のために」「鉄道は兵器だ！」といった言葉をもって、「不急旅行の全廃」を呼びかけていた。

そんな中で昭和十七年（一九四二）の関門トンネル開通は、鉄道好きの人々にとって、久しぶりの大きな出来事だった。本州と九州をトンネルで結ぶ計画は、明治時代から始まっていたが、着工したのは、昭和十一年（一九三六）。宮脇俊三は、「関門トンネルは、日中事変から太平洋戦争へと進むにつれて、その目的を平時型から戦時型へと変えつつ掘り進まれ、最後は突貫工事となって昭和十七年に開通したのである」と『時刻表昭和史』に書いている。それは「旅客よりは貨物、とくに石炭輸送のために掘られた」のだ、と。

戦争のための突貫工事ではあったが、関門トンネルの開通によって、「東京から九州へ直通する列車が八本も出現」したことは、当時十五歳であった宮脇の胸を弾ませた。関門トンネルへの旅行をしたいと両親に訴えるも、関門トンネルは東京からあまりに遠かった。当時の鉄道の混雑は尋常でなく、食料事情も悪い。それまでは宮脇にできるだけ自由に旅行をさせていた両親も、首を縦には振らなかった。

一方の内田百閒は、前章にも書いたように、関門トンネル開通に伴うダイヤ改正の直後、恩師が亡くなったとの報《しら》せを受けて、岡山へ行っている。恩師に手を合わせた百閒は、しかし関門トンネル方面へと向かうことはなく、東京へととんぼ返り。関門トンネルを百閒が初めて通るのはその八年後、阿房列車の旅においてとなる。

昭和十五年（一九四〇）の大政翼賛会結成以降、あらゆる活動が国策化されていったが、昭和十七年（一九四二）には文学の世界にも「日本文学報国会」ができた。日本文芸家協会の流れをくむ組織ということで、ほとんどの執筆家が参加する組織となったが、百閒は参加を拒否。

その二十五年後、百閒が芸術院会員への推薦を受けた時、「イヤダカラ、イヤダ」と断ったことは有名だが、文学報国会への参加拒否もまた、自分の感覚に逆らうことをしない百閒ならではの話である。

陸軍や海軍の学校で教えていたということは、百閒は「お国」のために働いたこともあるではないか、という話もあろう。随筆「海老茶式部《えびちゃしきぶ》」には、陸軍士官学校の教授になったことについて、

「もともと陸軍と云うものは大きらいだったのだが、そんな事は云っていられない事情であった。時世時節《ときよじせつ》ならば止むを得ない。止むを得なければ即ち仕方がないとあきらめて、神妙に勤務した」

とある。

百閒が陸軍士官学校の教授となったのは、二十六歳の時。妻子のみならず、岡山から上京してきた祖母や母も養う状況の中で、百閒は生活費を得なくてはならなかった。そんな「止むを得ない」場合には柔軟に対応するのもまた、百閒なのである。

陸軍士官学校の他、海軍機関学校、法政大学等で教鞭《きょうべん》を執った百閒は、その後も様々な組織に所属している。五〇代、すなわち戦争直前から戦中にかけては、日本郵船、東亜交通公社、日本放送協会の嘱託に。ひねくれ者として見られがちな百閒ではあるが、組織における順応性は意外に高い。各組織において学生や後輩から慕われ、世話をされる百閒は、変わった人では

あるが、孤高の人ではないのだ。

日本郵船では、社内文書の推敲《すいこう》業務を担っていた「内田嘱託」。出社は午後から、水曜は休み、個室付き、という待遇を与えられている。『東京焼盡《しょうじん》』を読むと、戦争中も、日本郵船の社員が、食べ物や酒を運ぶなど百閒の世話をしきりに焼いているのであって、百閒はどうも、他人に面倒を見させるのが上手《うま》いというか、他人が面倒を見ずにいられなくなるタイプの人だったのではないか。


戦争時、五〇代であった百閒に対し、宮脇はまだ一〇代。自分も戦争へ行く可能性の高い年齢だった。関門トンネルへの夢を紛らわせるように近場への旅を続けていたが、そうこうしているうち、昭和十八年(一九四三)には「決戦ダイヤ」として急行列車の削減やスピードダウンが行われ、看板列車「燕」も、姿を消す。

この時、宮脇は、旧制成蹊高校に通う学生。しばしば勤労奉仕に駆り出されていた。学徒動員で出陣していく少し年上の大学生達の姿を見れば、自分に残された時間はそう多くないと感じずにはいられなくなってくる。

昭和十九年(一九四四)の三月、宮脇は埼玉県の小学校に泊まり込んでの勤労奉仕を行っている。その時、彼が宿舎で読んでいたのは、時刻表。勤労奉仕が終われば一週間の休みが与えられるはずであり、

「これを逸しては関門トンネルを通る機会はないだろう。絶対に行くぞと心に決めていた」のだ。

身近にも、出征する人、戦死する人がいた。空襲の恐怖も感じており、「いずれにせよ、戦争の結末を見ずに死ぬような気がしていた」。「四月からは旅行が全面的に禁止される」と報じられてもいて、

「どうしても三月中に関門トンネルへ行かねばならなかった」

と、宮脇は心に決める。

それは宮脇達にとって、「最後の春休み」だったのだ。自分の自由に使うことができる最後の時間を、同級生達はそれぞれに過ごす。山へ行く者。野球をする者。映画を観る者。女学生と遊ぶ者。……そんな中で宮脇俊三は、三月二十四日13時30分東京発の、第1種急行1列車博多行に乗車する。

二年前の翼賛選挙で既に議員の職を失っていた父・長吉は、俊三をたいそう可愛がっており、鉄道省に勤めていた娘婿に頼んで、乗車券と指定券を入手していた。指定席の乗客は、男ばかり。その三分の一は軍人という中、一人で座る若い宮脇を「この学生奴《め》、どんな重要な公務があって乗っておるのか、と向いの客が訝っているように思われ」、いたたまれない思いの中で、列車は出発した。

長吉について宮脇は、

「父は軍人出身であるにもかかわらず、自由主義者たちと気脈を通じ、反軍閥の立場にあった」(「オヤジ」)

と書いている。だからこそ「黙れ事件」が発生したのだが、長吉は選挙に落ちた後も、軍人におもねることはしない。

昭和十七年に長吉と俊三とで北海道に行った折も、長吉は反軍部の姿勢を崩さなかった。青《せい》函《かん》連絡船が函館《はこだて》に到着した後、当時六十二歳だった長吉は速く走ることができず、やっと乗り込んだ接続の列車には、既に空席が無かった。夜は寝台となる部分は、昼のうちは座席として使用していいことになっていたが、その中の「特別室」には、二人の将校がゆったりと座っている。それは軍人や政府高官のための部屋であったが、長吉は、

「すこし詰めてください」

と、入っていった。

「ここは特別室ですぞ」

と将校に言われても、

「夜になるまでは誰のものでもない」

と返し、将校と言い合いに。最後には、

「ちかごろの軍人は増長しとる」

と怒鳴った、というのだ。

狭い特別室に、二人の将校と、父と自分。宮脇はいたたまれない気持ちでいっぱいになったが、しかしそんな長吉の姿勢は、息子に何らかの影響を与えたのではなかったか。その辺りは、文学報国会に入ることを拒否し、また芸術院会員への推薦をも断った百閒とも通じる部分がある気がしてならない。

鉄道は、敷かれたレールの上を走る乗り物である。決められたダイヤの通りに走らなくてはならず、車のように好きなところでハンドルを切ったり、好きな時間に走らせることはできない。

そのような乗り物である鉄道を好む人は、「決められたことに従うのが好きな人」と思われるかもしれないが、コアな鉄道好き達と接していると、彼等は決してそのようなパーソナリティーではないことが理解できる。

宮脇は、今はなき雑誌「旅」で一冊丸ごと宮脇俊三特集が行われた時（二〇〇〇年九月号）、時刻表の魅力について、

「〝線路に縛られていると言う窮屈さ〟と〝それによる輸送効率のよさ〟」

と答えている。百閒もまた、晩酌しながら耽読《たんどく》するような時刻表好き。二人とも、線路と時刻表とに縛られることを、楽しんでいるのだ。

しかし彼等は、いやいや縛られているのではなく、緊縛状態の中でもがくことに、快楽を見《み》出《いだ》している。時刻表を駆使して旅のプランを練り、車窓風景の中から、自分独自の視点で何か

を発見する。彼らは、もがきたいからこそ、積極的に縛られているのだ。

SとMの関係においても、縛られる側つまりMの方が、実はSの側を意のままに操っているという話があるが、鉄道においてもそれは同様。鉄道好きの人々は、せっせともがいて縛りを我が身に食い込ませ、瞳《ひとみ》を輝かせている。彼等は緊縛の中で個性を発揮することによって、鉄道を心の中で操っているのではないか。

緊縛は、彼等の快楽の源。前述の通り、百閒は様々な組織に所属した経験を持ち、また宮脇も五十一歳まで中央公論社に勤務していたが、組織に縛られる傍らで好きなことをするという人生も、鉄道好きらしいスタイルだったのではないか。

鉄道好きとは、すなわち縛られることに対して敏感な人々なのだった。だからこそ、好みではない縛り方を強要してくる相手に対しては、牙《きば》を剝《む》く気概を持っている。どんな縛りにも唯々諾々と従うのではなく、縛る側への厳しい視線を持っているからこそ、彼等は権力に対しても、反発を見せるのだ。

戦争中の、ダイヤ削減やスピードダウンは、軍部によって鉄道自体が縛られるという事態だった。国策に縛られた鉄道は、もはや鉄道好き達を気持ちよくさせることができなくなってしまう。

しかしそれでも宮脇は、関門トンネルへと向かった。もうすぐ自分の人生は、終わるかもしれない。だとしたら最後に、好きなことをしておきたい、と。

博多行の列車の中で、宮脇は居眠りもせず、夢中で車窓を眺める。岡山から先は、宮脇にとっても未知の世界。「時刻表でなじんできた駅が現実に窓の外にあるのが嬉しく、ますます眠れなかった」(『時刻表昭和史』)。

宮脇は、そのまま関門トンネルを通過せず、小郡駅《おごおり》(現在の新山口駅)で途中下車する。ここまで来たら、もう急がなくてもいい。楽しみを少し、先に延ばしておこう。小郡からバスで行くことができる秋吉台《あきよしだい》も、見ておきたい。……と行ってみると、つい秋吉台で眠り込んでしまい、目覚めれば午後三時。関門トンネルは昼間に通りたいと思っていたので、そこで泊まろうかと思ったものの旅館に宿泊を断られたため、厚狭《あさ》まで出て、18時45分発の博多行に乗車する。

結局、夜に関門トンネルを通ることとなってしまった、宮脇。それでも、やっと来た関門トンネルなのだからさぞかし深い感銘を受けたに違いない、と思いきや「なぜかはっきりした記憶がない」。気の張る長旅であったせいなのか、夜にトンネルを通過したせいなのか……。

この旅行の途中で、宮脇は盲腸炎になってしまう。帰京後に手術をするが、腹膜炎を併発して大変なことに。「時節を顧みない関門トンネル旅行の罰が当ったような気持」になった。

この旅の後は、「私の時刻表に対する興味は薄らいだ」と、宮脇は書く。列車の削減は続き、時刻表の紙面はすかすかになり、時刻表を入手することも、困難に。鉄道は国のほしいままとなり、もう鉄道好きを悦《よろこ》ばせてはくれなくなった。

青春時代の最後、もしくは人生の最後かもしれないという覚悟をもって行った関門トンネルへの旅であったが、宮脇は東京に戻ってからも、さらに旅を続けた。軍需工場への動員が始まる前には、友人と妙高《みようこう》へ。秋には、谷川岳《たにがわだけ》の麓《ふもと》にある学校の寮へ。「春」はまだ、終わらなかったのだ。


その頃、百閒がどうしていたかは、『東京焼盡』に詳しい。戦争中の日記であるこの本の「序ニ代ヘル心覚」の一行目は、

「本モノノ空襲警報ガ初メテ鳴ッタノハ昭和十九年十一月一日デアル」

というもの。そしてこの日記が始まるのも、昭和十九年十一月一日。この日は水曜日だったので、百閒は日本郵船には出社していない。そんな日の午後一時頃に、「警戒警報の警笛が鳴り出した」のだ。

この日のことについては、宮脇も『時刻表昭和史』に、

「サイパン島に基地ができると、東京上空にB29が姿を現わすようになった。

それまでの空襲は中国奥地の成都基地からであり、北九州までが航続距離の限度だったが、いよいよ日本列島の大半が射程内に入ったのである。サイパンを失ってから四カ月たった昭和一九年一一月一日であった」

と、記している。この時、宮脇は十七歳。家族と共に、世田谷区北沢に住んでいた。

一方の百閒は、五十五歳。日記に「家内」と書いてある女性は、法律上の妻ではない。五人の子を産んだ法律上の妻・清子とは、四〇歳の頃から別居しており、それ以降は佐藤こひという女性と一緒に住んでいた。

空襲といっても、はじめのうちは、サイパンを飛び立ったB29が一機で来るだけだった。

「一機による偵察飛行が一〇回ぐらいあり、私たちがそれに慣れてきた一一月二四日、いよいよ本当の空襲が開始された」と宮脇は書く。

『東京焼盡』においても、十一月二十四日からが「第二章　空襲の皮切り」。同二十九日の深夜には、初めて夜間に空襲があり、下町に焼夷弾《しょういだん》が落とされる。宮脇は、

「私の家から眺めると、東の空が夜が明けるまで赤かった。

翌日、神田がやられたらしいと聞いたので、私は工場の帰りに回り道をして一人で見に行った」

ということで、その好奇心と行動力はさすが若者。

百閒は、夜中に警戒警報で目が覚め、それが空襲警報に変わると、「忽ち神田の方の空に大きな火の手上がる。爆弾落下の地響き連続して聞こえ、生きたる心地なし」。怯《おび》えたまま夜を明かしたため、朝になっても「身体がかたくなった儘《まま》、一日じゅうほごれない。会社へも出られなかった」のだ。

百閒が怖がるのは、年齢のせいだけではない。彼は自他共に認める「怖がり」なのである。「鹿児島阿房列車」には、「私はいろんな物がこわい。風も雷も地震も、その他何でもない物音がこわかったりする」とあり、それは「祖母が物おそれをする性質《たち》だったので、その所為《せい》だろう」とのこと。

空襲に身を硬くして疲れ果てる百閒、そして空襲の跡を見に行く宮脇。果たして二人のこの先の運命や、いかに……。

6

東京大空襲を生き延びて

第二次世界大戦に突入した、日本。開戦当初は押せ押せムードだったものの、ほどなく状況は悪化していく。東京への空襲が本格化したのは、昭和十九年（一九四四）の秋だった。しかし当初、狙われていたのは主に軍需工場等であったことから、人々は次第に警戒を解くようになってくる。

世田谷区北沢に住む十八歳の高校生であった宮脇俊三も、その一人だった。空襲警報が鳴っても防空壕《ごう》に入らず、空を飛ぶＢ29を眺めていたのである。

内田百閒は戦中・戦後にわたって詳細な日記をつけているが、宮脇もまた、空襲日録を記していた。いつも悠々と帰っていくＢ29の編隊の一機が、日本軍の攻撃によって墜落したのを見て「やったやった」と宮脇が手を叩《たた》いていた同年十二月二十七日、五十五歳の百閒は、かかりつけの医師のところにいた。空襲警報が鳴って医師と共に防空壕に入ったのだが、「余りこわいので幾度も防空壕から這い出して庭の隅に小便をした」と、『東京焼盡』にはある。

翌年の二月になると、アメリカ軍の航空母艦が、本州沿岸に接近。艦載機で攻撃を仕掛けるようになり、事態は切迫してくる。B29の数も機動力もアップし、神出鬼没に。二月十六日には、東京に初めて艦載機がやってきた。この日のことを、

「艦載機が一日じゅう断続的に来襲し、朝出た空襲警報が夕方まで解除されなかったから、二月一六日は疲れた」(『時刻表昭和史』)

と宮脇は書く。

百閒も『東京焼盡』において、同日のことを「艦載機の初襲来」として、記している。午前七時過ぎに警戒警報が出ると、すぐに空襲警報に。「敵艦隊の跳梁《ちようりよう》を許してここに至るとは本当に思いもよらぬ事であった」。警報は午後五時過ぎまで止まず、百閒は嘱託を務めていた日本郵船には出社せずに、一日を過ごした。

同じ時期、宮脇は友人を誘って、湯河原《ゆがわら》まで買い出しに出かけている。家族中が身体のだるさを訴えているのはビタミンC不足ということで、ミカンを入手するために出かけたのだ。

小田急線で小田原《おだわら》まで行き、東海道本線に乗りかえて湯河原まで。なぜ東京駅から東海道本線に乗らないかというと、当時一〇〇キロ以上の切符を買うには、警察で旅行目的を説明し、旅行証明書をもらわなくてはならなかったからだった。

宮脇と友人が小田原から乗った列車の車掌は、女性だった。若い男性が兵隊や徴用にとられていたため、鉄道において女性が働く姿は珍しくなかった。

途中、空襲警報が発令され、列車は湯河原到着前に停車する。列車内で空襲警報が出た時は定められた退避姿勢を取らなければならなかったが、素直に従わないでいると、

「ちゃんとやりなさい！　艦載機かもしれません」

と女子車掌に叱られたことが、宮脇の記憶には残っている。

東京には疎開命令が出ていたが、北沢の宮脇家も、麴町の内田家も、疎開はしていない。そんな中、三月十日の未明に、東京はとうとう激しい空襲に見舞われた。後に「東京大空襲」と言われることになるこの晩、下町方面は壊滅的被害に遭い、百閒も宮脇も、空が赤く燃える様子を目撃している。

百閒はその日の午後に、日本郵船へ出社している。省線電車は動いていたのであり、通勤途中で見た焼け跡の景色は「大地震の時の大火以上」。百閒は、自分の家も近いうちに焼けるものと、覚悟を決めた。

東京大空襲の夜が明けた日から列車が動いていたことには、宮脇も強い印象を覚えている。「被災地の中心部を通っていた総武本線の運転が再開されるには六日を要した」ものの、「御徒町—新橋間は一一日の朝までには開通」し、「その他の国電区間は電車が止らなかった」のだ。「鉄道は空襲、とくに焼夷弾に対して案外強い」と宮脇は思うのだが、のみならずそこには

「家を焼かれながら復旧作業に当った人たち」の姿もあった。

東京への空襲は、続く。東京の東部が焼けた三月十日の空襲の後、四月に入ると北部、南部も焼けた。「残るは西部、つまり、新宿、青山、渋谷、それから私の家のある世田谷方面である」と『時刻表昭和史』にはあるが、まだ大規模な空襲を受けていない地域には、麴町の百閒の家もあった。

宮脇は、空襲を待ち望んでいる自分に気づく。「東京の大半が焼けたのに、自分の家が焼けずに温存されているのが、どうにもうしろめたいのである」という感覚だった。

五月二十五日の夜、とうとうその時はやってくる。百閒の日記によれば、空襲警報が出たのは夜の十時二十三分。「西南の方角の空は薄赤くなつた」とのことで、それは宮脇一家が住む世田谷の方向である。世田谷の方が、先に空襲を受けていたのかもしれない。

百閒は防空壕へ避難するが、焼夷弾《しょういだん》の着弾に身の危険を感じて、防空壕から出て逃げることに。飲み残していた一合の酒を、一升瓶のまま持っていく。「これ丈《だけ》はいくら手がふさがっていても捨てて行くわけに行かない」と、逃げる途中も、苦しくなるとコップに酒を注いで（コップも持ってきていた）、飲んでいた。食料事情が厳しくなった後も、酒を手に入れるためであれば、百閒はあらゆる努力を惜しまなかったのであり、貴重な酒を置いて逃げるわけにはいかなかったのだ。

酒を飲みながら逃げているうちに、夜が明ける。百閒の家は、全焼していた。師である夏目漱石の筆跡も、英和と独和の字引も、東京の地図も、全て焼けたのだ。

一方の宮脇家は、どうだったのか。おそらくは麴町よりも一足早く世田谷を襲った空襲は、宮脇の家の辺りにも、焼夷弾の雨を降らせた。鉄兜《てつかぶと》を被《かぶ》り、防空壕から出たり入ったりしていた、宮脇。近くに住んでいた姉夫婦の家は焼けてしまったが、「空襲警報が解除されてみると、私の家は焼けずに残っていた」(『時刻表昭和史』)。庭のあちこちに焼夷弾が落ちてはいたが、そのほとんどが不発弾だった。

宮脇はその翌日、かつて住んでいた青山の家を見に行く。宮脇にとって懐かしい街である渋谷は、焼け野原に。中央本線は空襲の翌日である五月二十六日の夜九時に開通し、山手線は被害が大きかったにもかかわらず、三十日の始発から運転を再開したことを、宮脇は記録している。

東京西部への空襲後、内田家でも宮脇家でも、新しい生活が始まった。内田家では、近所の男爵の邸内にある三畳敷の掘っ立て小屋を借りることに。黒澤明《くろさわあきら》監督の最後の作品『まあだだよ』は、百閒とその学生(百閒は「教え子」という言葉が嫌い)達との交流を描いているが、そこでも掘っ立て小屋に住む百閒が登場する。一時しのぎかと思われたこの狭小の小屋に、百閒夫婦は結局三年にわたって住むことになった。

宮脇家では、父の長吉と俊三を東京に残し、母や姉達が新潟県の村上《むらかみ》に疎開した。俊三は、東京と村上を往復して食料を運ぶなどし、二つに分かれた家族の連絡役を担うこととなる。

村上では食料に困窮することはなく、温泉に入ることもできた。「空襲に明け暮れていた東京から来てみると、そこは別天地」だったのだ。

日本軍の敗色が濃くなってきた八月、宮脇は「東京に戻ってきても食料は無い」ということで、村上に足止めを食っていた。空襲日録をつけながら宮脇は、地方都市が軒並み空襲を受けている中、「なぜ京都、広島、長崎が攻撃を免れているのか」との疑問を深めている。そんな中で八月六日には広島に、九日には長崎に原爆が投下された。九日にはソ連の参戦も発表され、「これは日本海側の方が危険ではないか」との緊張が高まってくる。

その翌日、長吉が、村上にやってきた。山形の内陸部・大石田《おおいしだ》にある炭鉱に行く用があり、その途中に立ち寄ったのだという。

村上から大石田までは、宮脇にとって「未知の区間」だったのであり、「たちまち行きたくなった」。父親は危険だからと止めるが、結局は同行を許すことになる。

昭和二十年（一九四五）の八月十二日に村上を発《た》った、六十五歳の父と、十八歳の息子。この二人旅は、宮脇俊三の人生に、大きなピリオドとして刻まれることになった。旅の様子は、『時刻表昭和史』の白眉《はくび》「米坂線１０９列車　昭和20年」の章に記されている。宮脇父子の旅をなぞって、私も同じように列車に乗ってみようと思う。

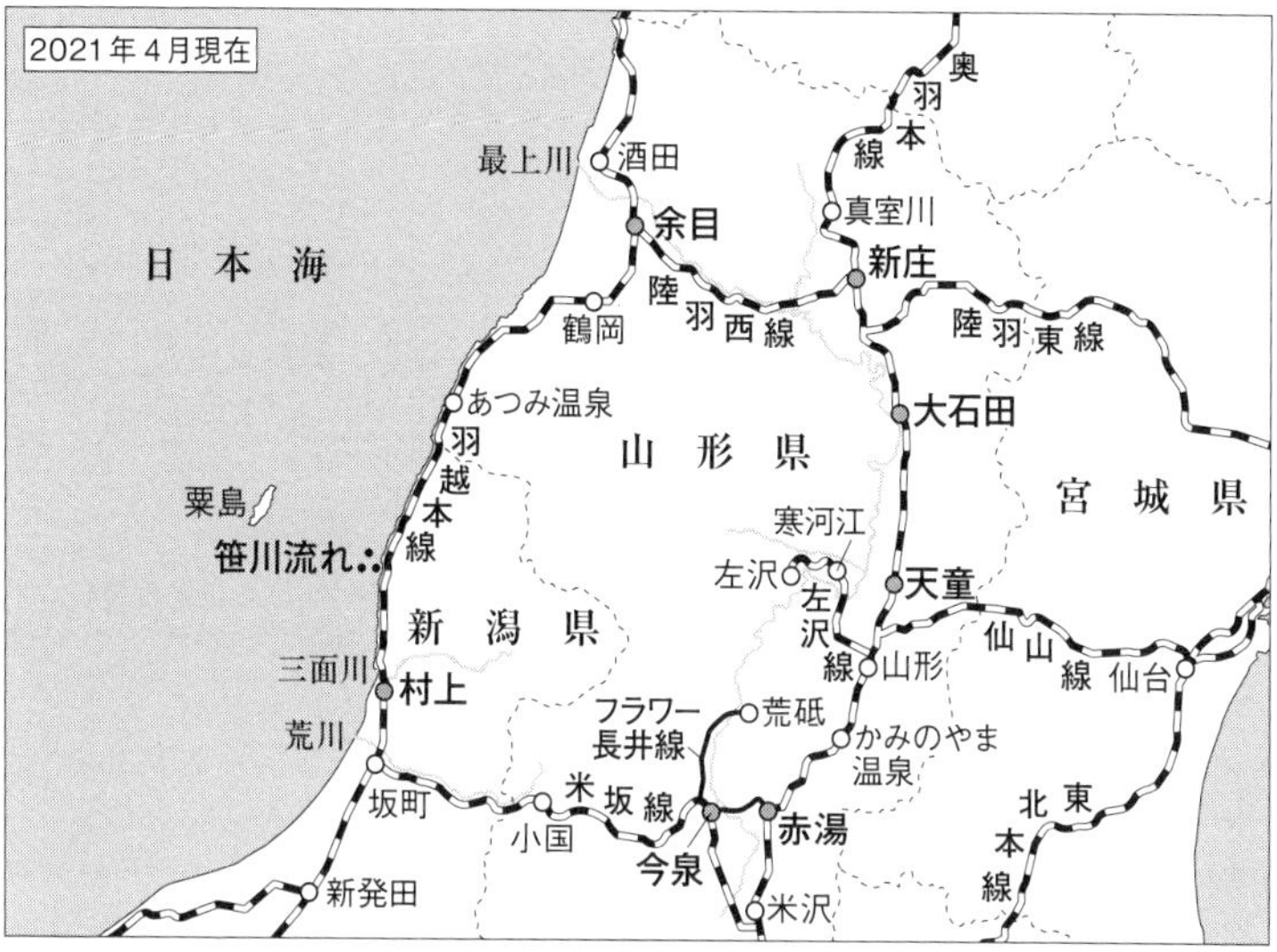

日本海側に長く延びる新潟県の、最も山形寄りに、村上は位置する。私はまず東京から新幹線で新潟に向かい、白新《はくしん》線、羽越《うえつ》本線で日本海側を北上した。東京は雨天であったが、新幹線が大清水トンネルを抜けて越後《えちご》湯沢《ゆざわ》へ出ると、一転して晴天に。川端康成《かわばたやすなり》『雪国』とは正反対の天候の変化だが、「日本海側へ来た」ということは、はっきりと感じられる。

新潟から乗った「特急いなほ」は、その名の通り水田の稲がさんさんと陽光を浴びる景色の中を走り、四十五分で村上着。スケジュールの都合で下車はせず、鮭の遡上《そじょう》で有名な三面川《みおもてがわ》を、車窓より眺める。

宮脇父子は、8時47分発の秋田行きに乗って、村上を発った。三面川を越えれば線路は海沿いを走り、ほどなくして有名な笹川《ささがわ》流れの絶景を通るのだが、「米坂線109列車」

では、奇岩が連なる眺めや、沖に浮かぶ小さな粟島《あわしま》については全く触れず、ただ乗車した車両の天井に、直径一センチほどの穴が何個も開いていたことが記される。それは機銃掃射の痕《あと》であり、穴からは光が差し込んでいた。

父子は11時05分に、山形は庄内《しょうない》平野に位置する余目《あまるめ》駅で羽越本線を下車した。村上から二時間二〇分弱かかっているが、現在の普通列車は一時間四〇分余で村上〜余目間を結び、また特急いなほであれば一時間一〇分余で到着することになる。

私が余目駅で「いなほ」を下車すると、駅構内にはカッパの像が佇《たたず》んでいた。最上川《もがみがわ》には、カッパ伝説が残るのだそう。

父子は、余目駅にて乗り継ぎの陸羽西線を三時間ほど待つことになる。駅前通り商店街でただ一つ開いていた理髪店に入り、父子共に髪を切ってもらうなどして、時間を潰《つぶ》す。

現在の余目駅近くには少しばかりの商店が並んでいたが、開いていない店が多いという点では、戦争中とそう変わりはない。いわゆるシャッター通り的な景色なのだが、駅前には米倉庫をリノベーションしたという、洒落《しゃれ》た観光施設があった。

その施設で次の列車までの時を過ごした私は、父子の行程と同じく、余目から陸羽西線に乗車する。「快速最上川」は、その名の通り最上川に沿うように四〇分ほど走り、新庄《しんじょう》駅に到着した。

この辺りは蕎麦《そば》どころであって、駅の蕎麦店の「新庄・最上名物　十割そば」の看板に心惹《ひ》かれる。羽越本線車中で、つい弁当を食べてしまったことが悔やまれた。

新庄から目的地の大石田まで、宮脇父子は奥羽本線に乗車する。が、現在の奥羽本線の山形線区間には山形新幹線が走っており、在来線の本数は少ない。在来線を待っていると先になかなか進むことができないため、この区間は山形新幹線を利用することに。新幹線は、十五分で大石田駅に到着した。

大石田は、最上川の水運の中継地として栄えた地であり、江戸時代は幕府の川船役所が設けられた。が、父子は川を眺めに来たわけではなく、目的は亜炭の炭鉱。選挙で落選して以降、宮脇長吉は鉱山の事業に関わっていたため、大石田にあった炭鉱を訪れたのだ。

炭化度の低い石炭である亜炭は、着火が遅く熱量も少ない。しかし燃料不足の戦時中においては貴重な家庭用燃料だったのであり、大石田にも小規模な炭鉱が存在した。

現在の大石田に、かつて小規模とはいえ炭鉱があった気配は漂わない。駅前から続く商店街はやはり開いていない店が多いが、布団店、呉服店など、昔ながらの専門店の看板が目に入る。

蕎麦の花が咲いている風景を眺めつつ、最上川の近くにある団子の店まで足を延ばし、一休み。ずんだ、くるみ等、東北らしい味の団子を味わった。

父子は、大石田の炭鉱で二泊している。俊三はその時に具合が悪くなり、担架に乗せられて町の病院まで運ばれることになったのだが、その扱いは手荒で、道中で二度、担架から落ちてしまう。

担架を運んだのは、炭鉱の坑夫。そのほとんどは、朝鮮系だった。狭い坑道で這《は》うように働いていた彼等は、「日本人の監督者の命令に従って作業しているのだが、その態度には面従腹背の気配があり、無気味だった」。坑夫達は東京から来た偉い人とその息子を、どう見ていたのか。

俊三は日射病だったようで、病院に着いた後はすぐに回復し、その日は天童《てんどう》温泉に一泊する。私も、大石田から奥羽本線の普通列車に乗り、天童駅で下車。将棋資料館などがある駅から、温泉街へと向かい、宿をとった。

天童温泉に泊まった宮脇父子は、明けて八月十五日に、村上への帰路に就く。が、来た線路をそのまま戻ることはしない。ターミナルが他の路線に接続していない盲腸線でもない限り、行った道をそのまま戻らないのが鉄道好きの人々の習性であり、帰りのルートは「奥羽本線で山形を通って赤湯まで行き、つぎに長井線で今泉へ。さらに米坂線で坂町へ抜け、羽越本線で村上に戻る」というものだった。村上からスタートし、新潟・山形をぐるりと時計回りで巡ってまた村上へ、という行程は、もちろん俊三が考えたものである。

出発の前、天童の宿の主人が父子に伝えたのは、「正午に天皇陛下の放送があるそうです」ということ。いぶかる俊三に長吉は、

「いいか、どんな放送があっても黙っているのだぞ」

と言うのだった。

父子は八月十五日の8時33分天童駅発の奥羽本線で、赤湯《あかゆ》へ。赤湯で11時02分発の長井《ながい》線に乗りかえ、今泉《いまいずみ》へ向かう。

なるべく同じような時間に追体験すべく私が乗ったのは、9時04分天童駅発の奥羽本線。山形で乗り継ぎ、10時21分に、赤湯に到着した。

父子が乗った長井線は、昭和六十三年（一九八八）に国鉄から移管され、現在は第三セクターの山形鉄道フラワー長井線となっている。沿線に花の名所が多いということでの命名だったそうだが、始発駅の赤湯に停車していたのは、黄色地にピンク、紫、オレンジといった色とりどりの大輪の花の写真が所狭しとプリントされた、蜷川実花《にながわみか》ワールドを思わせる車両だった。

一両編成のフラワー長井線に乗り込むと、10時47分に発車。11時08分に、今泉駅に到着する。

今泉駅は、JRと山形鉄道の共同使用駅だが、山形鉄道の駅員はいない。私が下車すると、乗ってきた列車の若い運転士さんが切符をチェックし、

「どこさ行くんですか？」

などと聞いてくれるのもまた、長閑《のどか》である。

運転士さんがそう尋ねたくなるのもわかるほどに、今泉駅は静かだった。跨線橋《こせんきょう》から景色を眺めると、緑の田んぼ、青い空、そして山。人の姿は皆無で、車すら目に入らない。それは駅舎から外に出ても、同じだった。

昭和二十年の八月十五日、父子が乗った長井線は11時30分に、今泉駅に到着した。

「今泉駅前の広場は真夏の太陽が照り返してまぶしかった。中央には机が置かれ、その上にラジオがのっていて、長いコードが駅舎から伸びていた」

と、「米坂線１０９列車」にはある。

八月十五日の正午が、近づいていた。

7

敗戦の日の鉄道

昭和二十年（一九四五）八月十五日。この日のお昼時、宮脇俊三は父・長吉と共に、山形県の今泉駅にいた。長吉が大石田の炭鉱を視察した後、疎開先の新潟県・村上へと戻る途中であった。

その日の正午に天皇による放送があるということを、二人は前夜に泊まった天童の宿の主人から聞いている。『時刻表昭和史』によれば、今泉駅前広場の中央に置かれた机にラジオが置かれ、コードが駅舎から延びていた。長吉は俊三の腕を摑《つか》み、

「いいか、どんな放送があっても黙っているのだぞ」

と、つぶやく。

正午を迎えると、君が代が流れた後に、天皇による放送が始まった。文語文を読み上げる声

は聞き取り難《にく》かったが、「よくわからないながら滲透《しんとう》してくるものがあった」。

日本が戦争に負けたことを国民に報《しら》せる放送が終わっても、今泉駅前の人々は立ち去らず、棒立ちになったままだった。「目まいがするような真夏の蟬しぐれの正午」、人々は突然の事態の激変に、どうしたらいいものかわからずにいたのだ。

が、しかし。そんな時でも、汽車は走っていた。程なくして女子の改札係が汽車の到来を告げると、何事も無かったかのように、汽車が今泉駅にやってきたのだ。

この時のことを宮脇は、

「時は止っていたが汽車は走っていた」

と書いている。天皇がラジオで敗戦を告げるという一大事があっても、汽車は時刻表通りに走っていた。鉄道は国家によって管理されるものでありつつ、時に国家を超越して日常性を刻み続ける存在であることを、走る汽車は示していた。

「こんなときでも汽車が走るのか」と、信じがたい思いで、宮脇父子は坂町《さかまち》行の米坂《よねさか》線に乗車する。普段と同じように汽車が走っていることによって、

「私のなかで止っていた時間が、ふたたび動きはじめた」

のだ。


この時の宮脇父子の足跡を追って、新潟から山形を旅した私。父子と同じように天童に一泊

し、翌朝は赤湯駅からフラワー長井線で今泉に到着した。

それは、夏の昼前。昭和二十年八月十五日の今泉駅はたいそう暑かったわけだが、私が今泉駅に降り立った日もまた、真夏の太陽が照りつけていた。昼前の時刻故に、影すら見えない。誰もいない駅を出ると、誰もいない駅前。宮脇父子が玉音放送を聴いたのは、この辺りということになる。広場といっても、駐車場スペースを含め、テニスコート一面分あるかないかという感じ。

地方の小駅はどこもそうだが、駅前に店らしきものは見えない。わずかに駅から続く道の左右に一軒ずつ旅館があるが、長井線と米坂線の接続駅ということで、かつて需要があったのだろう。

左側の旅館を訪ねてみると、太く見事な梁《はり》が目に入る立派な建物だった。大正三年（一九一四）からこの地で営業しているそうだが、長井線が赤湯から梨郷《りんごう》まで開通したのが大正二年（一九一三）、さらに今泉を通り長井まで開通したのが大正三年ということで、この旅館は今泉駅の開業にあわせてできたことになる。ちなみに米坂線は、大正十五年（一九二六）に米沢〜今泉間が開通している。この旅館のかつての主人も、昭和二十年の八月十五日に、宮脇父子と共に、駅前で天皇の放送を聴いたことだろう。

宮脇は、作家デビュー作『時刻表2万キロ』の中で、長井線について記している。同書は当時の国鉄全線を乗りつぶすまでの記録であり、その中で、宮脇は未乗だった長井線の今泉〜荒《あら》砥《と》間に乗車しているのだ。

それは、昭和五十一年（一九七六）のこと。赤湯と荒砥を結ぶ長井線の、赤湯～今泉間には昭和二十年の敗戦の日に乗っていた宮脇だが、その先の今泉～荒砥間は未乗だった。敗戦から約三〇年後、宮脇はやっと長井線に完乗することとなる。

まず赤湯から荒砥まで通して乗った宮脇は、折り返しの列車を待っていては効率の良い乗り継ぎができないため、荒砥からタクシーで今泉へと引き返す。鉄道好きは鉄道しか乗らないに違いない、と思っている人もいるが、宮脇はしばしば、この手の合理的な手段を使用する。

米坂線に乗り継ぐべく今泉駅でタクシーを下車した時、宮脇は深い感慨を覚える。この駅を通過したり、ここで乗り換えたことはそれまでもあったが、駅前に立ったのは、玉音放送を聴いた時以来。

「駅前に降り立ってみると、駅舎の形にも砂利敷の広場の周辺にも、見覚えがあり、鮮やかに記憶がよみがえるのを覚えた」

ということで、「みずおちのあたりがじーんとしてきた」のだ。

敗戦時に十八歳だった宮脇は、この時、四十九歳になっていた。会社では責任ある立場についていたが、仕事への情熱は薄れつつあった。会社を辞めることを考えつつ、週末には国鉄完乗を目指して列車に乗る日々を過ごしていたのである。三〇年ぶりに今泉駅前に立った時、宮脇は自らの原点に立ち戻るような感覚を抱いたのではなかったか。

宮脇は結局、その二年後に会社を辞める。宮脇が会社を辞めた時と同じ年頃である私も、当時の宮脇の心境を、今泉駅前において想像してみた。人生の後半にさしかかり、「このままでいいのか」という感覚を、宮脇はこの地で抱いたのかもしれない、と。

令和元年の今泉駅前もまた、時が止まったようだった。が、それは人の姿がどこにも見当たらず、物音一つしないせいである。昭和二十年は、駅前に置かれたラジオを数十人が囲み、頭《こうべ》を垂れて放送を聴いていたが、昭和天皇の孫が天皇となった今、駅は既に「人の集まる場所」ではなくなっている。

昭和二十年の宮脇父子は、正午に駅前で玉音放送を聴いた後に米坂線に乗車したが、昼食をどうしたのかは記されていない。天童で入手したものを、どこかで食べたのか。

対して私は、今泉駅から少し離れた場所に、ラーメンを供する店がいくつかあるという情報を、スマホによって摑んでいる。宮脇は、昭和の末期に刊行された『途中下車の味』でも米坂線に乗っているが、事前に山形の味覚について調べても、「ソバ以外にさしたるものはない」と書いている。果物の宝庫ではあるが、「料理のほうは貧しいようだ」との結論に達しているのだ。

今は、山形といえばラーメンがまず思いうかぶが、当時はまだ、山形ラーメンの情報が広く知られていなかったのかもしれない。駅からしばし歩いたところにあった、老婦人が一人で切り盛りする食堂のような喫茶店のような店に入り、ラーメンを注文する。

店に入った時はガラガラだったが、ほとんどの席は予約済みである。私がラーメンをすすっていると（美味）、次々と車でおじいさん達がやってきては無言で昼食を食べていくその店は、農家のおじいさん達にとっての社食のような役を果たしているように思われた。

駅に戻って、今泉駅を13時00分に出る米坂線を待つ。ホームに他の客はおらず、時が止まったような感覚は続く。が、やはり列車は、時間通りにやってきた。静かな駅にやってくる列車は、敗戦という非日常的な時でなくとも、人の心をほっとさせる存在だった。

二両編成の米坂線は、山の中を進んでいく。手ノ子《てのこ》駅を過ぎた辺りから登りの勾配《こうばい》がきつくなり、鬱蒼《うつそう》と茂る緑の中を、蛇行する荒川《あらかわ》につかず離れず、列車は走るのだった。

昭和二十年八月十五日の宮脇も、「はじめて乗る米坂線の車窓風景に見入っていた」。石炭の質は悪く、トンネルの中で止まってしまい、窒息しそうなほどに煙にむせたりもした。しかし宇津《うつ》峠の分水嶺《れい》を越えれば、日本海に向けて、快調に汽車は走っていく。

山々と樹々の美しさに目を見張る、宮脇。

「日本の国土があり、山があり、樹が茂り、川は流れ、そして父と私が乗った汽車は、まちがいなく走っていた」

のだ。それは、戦争という峠をやっと越えた宮脇の、これからの人生と重なる走りぶりだったのではないか。

一方の百閒は、敗戦の日にどうしていたのか。麴町にあった家が空襲で焼けたのは、昭和二十年五月二十五日の夜から二十六日にかけての、山手大空襲の時。行き場が無くなった百閒夫妻は、嘱託を務めていた日本郵船に身を置くべく、二十六日の朝に歩いて丸《まる》の内《うち》に向かう。大手町《おおてまち》に出てから日本郵船のビルの方を目指していると、火事の臭いがする煙が流れてきた。そこで百閒が見たのは、

「辺りは昨夜焼けたと思われる所もないのに不思議だと思っていたら、和田倉門の凱旋道路に出て見ると東京駅が広い間口の全面に亙って燃えている。煉瓦の外郭はその儘《まま》あるけれど、窓からはみな煙を吐き、中には未だ赤い焰《ほのお》の見えるのもある」

という光景。

東京駅もまた、百閒の家が焼けた山手大空襲で、丸の内降車口（現在の丸の内北口。当時は乗車口と降車口が分かれていた）に被弾、炎上し、ドーム型屋根や駅舎三階部分等を焼失した。この時に失ったドームが復元されるのは、平成二十四年（二〇一二）まで時をまつことになるが、百閒は、まだ燃え続けている東京駅を目撃したのだ。

その後にたどり着いた日本郵船のビルは、停電のみならず水も出なくなっていたため、百閒夫婦は身を置くことを諦《あきら》め、再び歩いて麴町へと戻る。仕方なく、近所の松木《まつき》男爵家の庭番が使っていた三畳の小屋を借りて起居するようになったのは、前章でも記した通り。とはいえこ

の小屋もまた、電気も水も使うことができなかった。

五月三十日からは最寄りの四ツ谷《よつや》駅にも列車が通るようになり、三十一日に百閒は空襲後はじめて、日本郵船に出社する。この日の東京駅については、

「焼けた後の東京駅の惨状は筆舌の尽くす所にあらず。廃墟は静まり落ちついている筈だが、東京駅は未だ廃墟でもない。亡びつつある途中である」

と、『東京焼盡』に記されている。天井から何かが落ちてきそうで、改札を通ることも危なっかしかったという東京駅は、それでも列車と乗客とを迎え入れていた。

『東京焼盡』では、焼け出された後の七月の日記にも、東京駅について記されている。

雨の日に日本郵船から帰る時、

「東京駅は屋根がない。乗車口のホールに上から雨が降り灑《そそ》いでいるからみんな傘をさして改札を通る」

と。東京駅の乗降車口にもホームにも屋根が無いという状態は、敗戦後もしばらく続くことになる。

雨で難儀をするのは、家に戻ってからも同様だった。小屋の中は何とか雨露をしのぐことはできたものの、トイレは屋外、煮炊きも外で薪《まき》を燃やすという状況下では雨は大敵だったが、昭和二十年は梅雨が長く続いた。のみならず空襲も止まず、極度の食料不足が改善されることもなかった。日本と日本人とに、限界が近づいてきていた。

八月六日には、広島に原子爆弾が投下される。八月九日の警戒警報の時は、「B29一機なれども去る六日の朝七時五十分B29二機が広島に侵入して原子爆弾を投じたる為瞬時にして広島市の大半が潰滅した惨事あり。その後だから一機の侵入にても甚だ警戒す」と記している。この日の日記では、〃露西亜《ロシア》〃の参戦については触れられているが、長崎への原爆投下については記されていない。

八月十一日には、百閒の息子が、明日すなわち十二日に、アメリカが東京に原子爆弾を落とすという情報があることを知らせに来たことが記されている。「この頃は敵の予告がその通り実現するのだから用心しなければならない」と、百閒。

十二日、東京に原子爆弾が落ちることはなかった。しかしそれから十五日までの数日を、百閒は原爆投下におびえつつ過ごすことになる。

そして、八月十五日。正午に重大放送があるということを前夜から知らされていた百閒は、この日も早朝からの警戒警報によって起こされた。朝のラジオで「天皇陛下が詔書を放送せられると予告した」ことについて、「誠に破天荒の事なり」と思っている。

正午が近くなると、三〇度を超える気温ではあったが、百閒は上着を着て、主屋にラジオを聴きに行った。

「天皇陛下の御声は録音であったが戦争終結の詔書なり。熱涙滂沱《ぼうだ》として止まず。どう云う涙かと云う事を自分で考える事が出来ない」

という百閒だった。

しきりに溢《あふ》れる、涙。しかしそれが何故流れているのか、百閒は考えることができない。天皇によるラジオ放送は、百閒の中の時間をも、止めていた。


宮脇の中で止まった時間は、走ってきた米坂線によって再び動き出したが、百閒はどうだったのか。八月十六日の日記には、「今日辺りから日本の新しき日が始まると思う」と記される。百閒が「本モノノ空襲警報ガ初メテ鳴ッタ」とする昭和十九年十一月一日に書き始めた戦争日記は、昭和二十年の八月二十一日で、一区切りとなった。

この日、麦酒《ビール》が飲みたいという心境を書く百閒。しかし、「無い物は仕様がない」との心境にもなっている。

「『出なおし遣りなおし新規まきなおし』非常な苦難に遭って新らしい日本の芽が新らしく出て来るに違いない。濡れて行く旅人の後から霽《は》るる野路のむらさめで、もうお天気はよくなるだろう」

として、この日の日記は終わるのだった。

「野路のむらさめ」云々《うんぬん》は、

「急がずば濡れざらましを旅人のあとより晴るる野路の村雨」

という、太田《おおた》道灌《どうかん》が詠んだ歌を引いたものと思われる。急いで先に進もうとしたせいで、村雨に降られずぶ濡《ぬ》れになってしまった旅人を、日本という国に重ねた百閒。しかしこれからは晴れるであろう、と。

敗戦時、内田百閒は五十六歳。既に初老と言ってよい年齢であったが、彼の〝鉄道人生〟は、その後にピークを迎えることになる。子供の頃から鉄道好きではあったものの、借金苦そして戦争によって、その性分を発揮できずにいた百閒。しかし人生の後半となって、好機が到来したのである。

一方の宮脇俊三は、政治家の息子という立場を存分に利用し、また若さの勢いもあって、戦前、戦中を通して鉄道に乗り続けてきた。だからこそ敗戦を告げる放送をも旅先で聴くことになったのであり、それは彼のこの先の人生を暗示する出来事でもあった。

内田百閒と宮脇俊三、いよいよ戦争が終わって日本の鉄道環境が激変していく中で、それぞれが新たなステージへと向かっていくことになる。

8

新たなスタート

多くの日本人にとってそうだったように、昭和二十年（一九四五）の敗戦は、内田百閒と宮脇俊三の人生にも、大きな影響を及ぼした。

敗戦時、宮脇は十八歳。その年の四月には、東京帝国大学の理学部地質学科に入学している。戦時下、大学や高等学校の修業年限は短縮されていたため、宮脇は二年で高等学校を卒業し、大学へ進学したのだ。地質学科は、地理好き故の選択である。

山形県の今泉駅前で終戦の詔のラジオ放送を聴いた後、宮脇はしばらく、疎開先の新潟県村上と東京の間を行き来する生活を送っていた。一家が村上から引き上げたのは、その年の末のことである。

しかし東京の家は、既に無い。空襲による被害は免れたものの、父・長吉は北沢の家を売り、その金で和歌山県の炭鉱を買ったのである。

宮脇家は熱海に転居するが、熱海から東大への通学は難しく、宮脇は二年間、留年することになる。しかしこの間に、宮脇の中では変化が生じたようだ。たまに東京に出ると東大へ行ったのだが、熱心に聴いたのは地質学科の講義ではなく、文学部の講義。和辻哲郎《わつじてつろう》、金子武蔵《かねこたけぞう》、辰野隆《たつのゆたか》らの講義を傍聴し、それまでは理科少年であったのが、文学の世界に心惹《ひ》かれるようになっていった。

熱海在住の学生達との交流も生まれ、充実した日々を送っていた宮脇は、旅行も忘れなかった。父が買った和歌山の炭鉱を訪ねたり、また熱海から片瀬《かたせ》へと引っ越した後は、義兄の赴任先である松江《まつえ》をベースとして、山陰旅行にも出かけている。

山陰への旅は、昭和二十二年（一九四七）は八月のことだった。宮脇は一人、復活したばかりの急行博多行、列車番号「1」に乗車する。朝の7時40分に東京駅を発《た》った列車は、23時16分に岡山着。改札口を出てみると、「岡山は空襲を受けて焦土になっていた」（『時刻表昭和史』）。それは、百閒が「些《ちっ》とも顧ない郷里ではあるが敵に焼き払われたと云う事になれば人並以上の感慨もある」と、そして「記憶の中の岡山は亜米利加もB29も焼く事は出来ないのだから、自分の岡山は焼かれた後も前も同じ事であるかも知れない」と『東京焼盡』に書いた、岡山である。宮脇が岡山駅に降り立つと、駅前の一部では、闇市が賑《にぎ》わっていた。

岡山から米子《よなご》へ。そして米子から松江へ。松江は、空襲で焼けていなかった。松江でご馳走《ちそう》を食べ、名所を見物しつつ、「別の日本」のようだと、宮脇は思うのだった。

帰途のルートは、行きとは違って山陰本線経由である。村上から山形の大石田に行った時もそうだったが、一度の旅行でなるべく様々な路線に乗ろうとするのは、鉄道好きの常。

山陰本線で特に宮脇にとって印象的だったのは、余部鉄橋《あまるべ》である。鉄道ファンにはつとに名高いこの鉄橋は、兵庫県の日本海側、香美町《かみちょう》に位置する。山が海まで迫るこの辺りは、陸路の難所。山陰本線の中でも、最後まで開通していない区間であったのが、山にトンネルを穿《うが》ち、トレッスル式の鉄橋を架けることによって、明治四十五年（一九一二）に開通したのだ。

宮脇にとって初めての余部鉄橋通過となったこの時、まだ餘部駅はできていない。鳥取方面から久谷《くたに》駅を出て二キロ近く続く桃観《とうかん》トンネルを通過し、さらにもう一つの短いトンネルを抜けて、余部鉄橋に入ったと思われる。

余部鉄橋は、高さ約四十一メートル、全長約三一〇メートル。平成二十二年（二〇一〇）に使用が終了し、現在はコンクリート橋に架け替えられているが、鉄橋があった当時は、赤い橋脚の美しさと高さが印象的だった。列車がいきなり天空に放り出されるような感覚は遊園地のアトラクションもかくやというもので、眼下には余部の集落の甍《いらか》の波、さらに目をやれば日本海の波。

自筆年表にも、この旅について「余部鉄橋が印象に残る」と記すほどの感慨を覚えた、若き日の宮脇。しかし宮脇は、その感動を大げさに記すことはない。『時刻表昭和史』においても、この時のことについて、

「はじめて乗る山陰本線には見所がたくさんあり、私は眼を見張っていた。とくに余部の鉄橋は忘れられない」

と、書くのみであった。旅の感動をことさらに描写しようとしないのは、宮脇の文章の特色の一つである。

名所を、どう書くか。これは、旅について書く人の個性が表れる部分かと思う。余部鉄橋のような、山陰本線の、というより日本の鉄道の中でも屈指の名所について書くならば、その感動を目一杯表現するのが凡百の人間であろうが、宮脇はそのような場所について書く時ほど、冷静な筆致となる。

では百閒は、余部鉄橋をどう書いたのか。百閒は『第三阿房列車』の「菅田庵《かんでんあん》の狐　松江阿房列車」において余部鉄橋を通過しているが、それが初めての通過ではなかった。はっきりしないものの、「多分三十年ぐらい前に通った事がある」ということなのだ。

この旅がなされたのが昭和二十九年（一九五四）であるから、百閒が初めて余部鉄橋を通ったのは、大正末期か昭和初期ということになる。その時の百閒は、

「どこかのトンネルを出た途端に、偶然車窓から見た余部の鉄橋の恐ろしさが後後まで悪夢の様に忘れられない」

という状態だった。前にも記したが、百閒は無類の怖《こわ》がりである。

「なぜこんな恐ろしい所を汽車が走るのかと思った」

という文章から、余部鉄橋の存在感が伝わってこよう。

余部鉄橋初体験の書き方は、宮脇と百閒とでこのように異なるのだった。しかし二人とも、自分が将来この鉄橋について書くようになろうとは、初通過の時点ではまだ思っていない。

山陰の旅を終えた翌年、宮脇は東大の理学部地質学科から文学部西洋史学科へと転部。昭和二十六年（一九五一）に、二十四歳で大学を卒業する。時刻表や列車のダイヤをつくりたいという気持ちは持っていたものの、「立身出世主義」の父・長吉からは「そういう現場の仕事に行っちゃいかん」と、反対された。

就職難の時期であったが、宮脇は日本交通公社と中央公論社から内定を得る。が、交通公社では時刻表編集部には配属されないらしいということがわかり、中央公論社へ入社するのだった。

入社早々、最初の結婚、結核による休職や父の死を体験し、二十九歳の時に中央公論社へ復職。以降五十一歳で退社するまで、宮脇は同社で働くことになる。

宮脇が中央公論社に入社した昭和二十六年は、奇《く》しくも百閒が「小説新潮」に「特別阿房列車」を発表した年である。若い編集者であった宮脇が、麴町の百閒の家の前まで行ったと以前も記したが、それはこの頃、すなわち結核で休職する前のことであったと思われる。

「阿房列車」シリーズの最初となった「特別阿房列車」は、昭和二十五年（一九五〇）の十月二十二日に出発した、大阪への一泊旅行について記した作品である。

「阿房と云うのは、人の思わくに調子を合わせてそう云うだけの話で、自分で勿論阿房だなどと考えてはいない。用事がなければどこへも行ってはいけないと云うわけはない。なんにも用事がないけれど、汽車に乗って大阪へ行って来ようと思う」

との書き出しで、「阿房列車」シリーズは始まっている。

鉄道趣味を公言して憚《はばか》らない人が珍しくなく、鉄道おたくが一定の地位を獲得している今、「なんにも用事がない」のに鉄道に乗るという行為は、特に珍しいものではない。しかし昭和二十五年当時は、事情が異なっていた。つい五年前までは、〝不急不要〟の旅行はしてはならぬ、という戦争中だったのであり、汽車での移動をするにはよほどの「用事」が必要だったのだ。

それが、「なんにも用事がない」のに汽車での旅ができるようになったということは、日本が多少なりとも落ち着きを取り戻してきたということの証左となろう。

「特別阿房列車」の旅のことを初めて百閒が口にしたのは、その年の十月の初めであったと、平山三郎は『阿房列車物語　百鬼園回想』において書いている。以前も書いたように、平山三郎は、阿房列車の旅の全てに同行した、百閒から「ヒマラヤ山系」と呼ばれる国鉄職員。「特別阿房列車」には、

「国有鉄道にヒマラヤ山系と呼ぶ職員がいて年来の入魂《じゅっこん》である。年は若いし邪魔にもならぬか

ら、と云っては山系先生に失礼であるが、彼に同行を願おうかと思う」

と、紹介されている。

鉄道好きというと一人旅を好む人が多い印象があるが、こと百閒に限っては、一人旅が嫌い、というよりは、体質的に不可能だった。

「元来私は動悸持ちで結滞屋《けったい》で、だから長い間一人でいると胸先が苦しくなり、手の平に一ぱい汗が出て来る」

ということで、それは今で言うところのパニック障害に近いものなのかもしれないが、とにかく「遠い所へ行く一人旅なぞ思いも寄らない」のだ。

そこでヒマラヤ山系がお供に駆り出されるのだが、しかし時にはかなり長期にわたった阿房列車の旅に、国鉄の一職員がなぜ毎回随行できたのかというと、平山が国鉄内で、百閒の担当編集者的な立場にいたからである。

平山は、鉄道省(当時)において、戦時中の職員の士気を高めることを目的につくられていた奉公会の機関誌「大和」の編集部員だった。昭和十七年(一九四二)に、平山が百閒に「大和」への原稿を依頼したのが、二人の出会い。

平山は、昭和八年(一九三三)に刊行されてベストセラーとなった『百鬼園随筆』の大ファンだった。随筆の大家として名高く、気難しいとの評判もあった百閒。駄目でもともとの気持ちで、平山が日本郵船まで行って原稿を依頼したところ、あっさりと承諾され、それから「百鬼園散録」というタイトルで「大和」での連載が始まったのだ。

大正六年（一九一七）生まれの平山は、百閒よりも二十八歳年下。「阿房列車」スタート時で三十代前半ということで、旅の道連れにはうってつけだったことだろう。常に茫洋《ぼうよう》としている「ヒマラヤ山系」は、「阿房列車」シリーズには欠かせないバイプレイヤーとなっている。

「特別阿房列車」の旅が行われた昭和二十五年（一九五〇）には、戦前に走っていた特急「つばめ」が復活していた。この前年に「へいわ」という名で走り出した、東京〜大阪を結ぶ特急が、由緒ある名前「つばめ」になったのである。

数ヶ月後には、やはり東京〜大阪を結ぶ各等特急「はと」が誕生。同年十月には時刻表が改正となり、「つばめ」「はと」共に運転時間が一時間短縮され、八時間となる。「急行列車等の時間の工合が大体戦前の鉄道全盛当時に近くなって」きたということが、百閒の旅心に火をつけたのだろう。

平山からもらった改正時刻表を、百閒は読み耽《ふけ》る。

「くしゃくしゃに詰まった時刻時刻の数字を見ているだけで感興が尽きない。こまかい数字にじっと見入った儘《まま》で午前三時を過ぎ、あわてて寝た晩もある」（「特別阿房列車」）

というほどだった。

かくして百閒は汽車で大阪に行くことを決意し、平山に声をかけ、旅費を賄うための金策にも動いた。百閒はこの二年前、空襲で焼け出されて住んだ男爵家邸内の掘っ立て小屋から、三畳間が三つ並んだ「三畳御殿」に引っ越しているのだが、この時も「錬金術」すなわち借金を駆使している。お金が無いのは変わらずだったが、しかし一等好きの百閒は、戦後やっと復活した一等列車に乗りたいのだから、ここでも「錬金術」は必要だった。

戦争が終わって、百閒の人生は、ちょうど一巡りした、というところだったのではないか。年齢も還暦を過ぎて、一巡り。戦争が終わって、鉄道のダイヤもまた、戦前レベルまで戻ってきた。昭和二十五年の十月二十二日という特別阿房列車出発の日は、百閒の人生において新たなスタートとなったのかもしれない。

朝起きるのが苦手だったり、あらかじめ汽車の切符を買っておくことが嫌いで(「先に切符を買えば、その切符の日附が旅程をきめて、私を束縛するから、何日か前から切符を買っておくと云う事は考えなかった」という理論)当日に買おうとしたりと、出発の日もてんやわんやの百閒。何とか12時30分東京駅発の特別急行第三列車「はと」の一等車の切符を確保できたのは、もちろん国鉄職員である平山の尽力によるものである。今後も百閒は、各地でこのような坊ちゃん気質をふりまきながら旅をするのだが、皆がそれを嫌がらないのは、百閒の独自な魅力のせいなのだろう。

列車に乗る前、百閒はとある儀式にとりかかる。「私は汽車に乗る時、これから自分の乗る列車の頭から尻まで全体を見た上でないと気が済まない」ということで、歩廊(ホーム)に降り、一号車から十号車まで、全てを見て歩くのだった。

平山三郎も、その習性について記している。

「ステッキで機関車の銅体をひっぱたく様な真似をして、列車の編成を先頭から車尾まで、東京駅の歩廊を颯爽と闊歩していかれるのに私が蹤《つ》いていかれぬ程だった」（『阿房列車物語』）と。そしてそれは、

「汽車に乗ることが楽しくて仕様がないと云う風にも見えた」（同）

と。

これは、百閒だけの習性ではない。今を生きる鉄道好きの中にも、同様の習性を持つ人は少なくない。鉄道好きは究極の目的として、自己と鉄道を一体化させたいのではないかという仮説を以前書いたが、車両を全て点検する作業というのは、これから一体化する相手を確認する意味合いを持つのではないか。

大阪へ向かう特別急行「はと」に乗り込む百閒の喜びは、ひとしおだったものと思われる。百閒は、宮脇のように戦争中もしょっちゅう鉄道旅行をしていたわけではない。都内での移動は別として、「この前（汽車に）乗ったのは戦争になる前であったから、間に十年近くの歳月が流れている。戦争になってからは、疎開という名目で逃げ出すのがいやだったから、じっとしていたので当時の混乱した汽車の実況は知らずに済んだ」のだ。

百閒にとって約一〇年ぶりの、汽車の旅。

「今こうして昔に返ったいい汽車に乗れるのも、足許に落ちた焼夷弾を身体で受けなかったお

蔭である」

と書く百閒の中で、本当に戦争が終わったのは、「はと」に乗った瞬間だったのかもしれない。

こうして、百閒を乗せた「はと」は出発。品川《しながわ》を過ぎた辺りから、汽車はスピードを増す。「座席の椅子のバウンドの工合も申し分ない」と調子が出てきたところで、いよいよ「特別阿房列車」は本番である。既に書き出しから原稿用紙四〇枚ほどが費やされているが、旅はここから。冒頭部分から汽車が走り出すまでを記した長さは、百閒が汽車に乗らずにいた時期の長さをも思わせる。

「さて読者なる皆様は、特別阿房列車に御乗車下さいまして誠に難有《ありがと》う御座いまするが、今走り出したばかりで、これから東海道五十三次きしり行き、鉄路五百三十幾粁《キロ》を大阪まで辿り著《つ》く間の叙述を今までの調子で続けたら、私はもともと好きな話だから人の迷惑なぞ構わずに話し続けてもいいが、それを綴った原稿の載る雑誌の締切りが迫っていて、うろうろすると間に合わない」

……と、筆もまた「はと」と同様にスピードアップ。阿房列車の旅、いよいよスタートである。

9

鉄道好きの観光嫌い

昭和二十五年（一九五〇）十月に「特別阿房列車」で大阪往復をして以降、内田百閒は昭和三十年（一九五五）四月まで、計十四回にわたる「阿房列車」シリーズの鉄道旅を行っている。行った先での用事が無いのに、ただ鉄道に乗るために旅に出るというその行為は、今で言う乗り鉄の祖ともされているが、百閒からしたら、ただしたいことをしただけのことだった。

百閒は「特別阿房列車」の旅において、特急「はと」の一等車を、楽しんでいる。一等車とは、現代におけるグリーン車よりもさらに贅沢《ぜいたく》な、北陸新幹線などにおけるグランクラス的な存在である模様。

今時の鉄道ファンの世界においては、グランクラスやグリーン車について、

「大好き」

と手放しで語る人はあまりいない。そもそも新幹線のこと自体、「味気ない」と評価するむきが多いのであり、ましてやグランクラスやグリーン車のような贅沢な車両をや、といった雰囲気があるのだ。

しかし百閒は、速さを素直に喜ぶし、また一等車に乗るという贅沢も好んだ。「特別阿房列車」にしても、東京〜大阪の所要時間が一時間も短縮されたという事実が、百閒をして「列車に乗りたい」という気持ちにさせた理由の一つにあろう。

「漫然と煙草を吹かしていれば、汽車はどんどん走って行く。自分がなんにもしないのに、その自分が大変な速さで走って行くから、汽車は文明の利器である」

と、特別阿房列車の発車後に百閒は思っているが、百閒は、「乗っているだけで汽車が走ってくれる」ということに有り難さを覚えることができる最後の世代と言える。明治時代、初めて鉄道に接した人達が抱いた鉄道に対する憧憬《しょうけい》と畏怖《いふ》の念のかけらが、百閒の中には残っているのだ。

戦争中、日本の鉄道は多くの車両や線路、人員を失った。戦争が終わると、線路の延伸やスピードアップが進んでいくが、百閒が「阿房列車」の旅を始めたのはその最初の時期。日本の鉄道の復活を体感することは、百閒のみならず、全ての日本人にとって喜ばしいことであったに違いない。

対して今を生きる我々は、「走っていて当たり前」というライフラインの一部として鉄道を捉《とら》えている。鉄道に乗りさえすれば、一定の時間で移動できるのは当然、と。

我々は既に、速さに対する興味を失ってもいる。リニア新幹線についても、

「そんなに速く走る必要はないのでは？」

という感覚の人が多い。特に鉄道ファン達は、各駅停車の方が「味がある」として、急行や特急が走っていてもあえて鈍行の列車に乗り、それを「本当の贅沢」と称したりするのだ。

昭和二十五年は、まだ列車の速さを素直に味わうことができる時代であった。百閒は、「線路の切れ目を刻む音を懐中時計の秒針で数え」ることによって、時速を計算している。それによると「はと」は、線路が直線の区間では、時速四十三〜四十五マイル（約七〇キロ）くらいで走っていた模様。

このようにして時速を計算する手法は、往年の鉄道好きにはよく知られていたようだ。それというのも当時は、レール一本が一〇メートルの長さに統一されていたから。宮脇俊三も、

「三六秒間に継目の音がいくつ聞えたかを数えれば、その数が時速を示す。三六秒間に六〇ならば時速六〇キロである」

と、『時刻表昭和史』に書いている。少年時代の宮脇も百閒と同様、レールの継目の数を数えて、自分が乗っている列車の速度を測っていたのだ。

宮脇が子供の頃からずっと鉄道旅行をし続けていた、いわば鉄エリートだったのに対して、汽車で遠出をするのが一〇年ぶりだった百閒。その百閒が久しぶりにレールの継目を数えた時

の感慨は、いかばかりのものであったか。

阿房列車の旅でスピードを楽しんだ百閒の感覚も、しかし時と共に変わったようだ。昭和三十四年（一九五九）、百閒は交通新聞において「これからの鉄道を語る」との座談会に出席しているが、ここでは、

「そんなに速く走ってもしょうがないですよ。それより東京・大阪ノンストップ二十時間というのはどうです」

といった発言をしている。

出席者は、時の国鉄総裁で「新幹線の父」と言われた十河信二《そごうしんじ》、十河と共に新幹線計画を進めていた島秀雄《しまひでお》技師長などで、時は新幹線開通の五年前。新幹線を推進する人々に「そんなに速く走ってもしょうがない」と言うとは、何にでも反対せずにいられない百閒らしいが、そこにはひたすら前へと突き進もうとする日本に倦《う》んだ気分も、あったのではないか。

百閒が他界したのは昭和四十六年（一九七一）であり、昭和三十九年（一九六四）の新幹線開通より後のこと。山口瞳《やまぐちひとみ》『酒呑みの自己弁護』には、百閒が新幹線のカレーについて語ったという言葉が記されている。新幹線にあったビュフェ（食堂車）のカレーは高くてまずいと言う人がいるが、百閒は、

「あれは単なるカレーライスではなく、カレーライス自体も二百キロで走っているのであって、二百キロで走っているカレーライスを百二十円で食べられるのだから非常に安い」

と言ったのだそう。百閒自身は新幹線には乗らずに生涯を終えたが、もしも乗っていたとしたら、二〇〇キロで走るカレーライスを、食べずにはいられなかったことだろう。

鉄道旅行中の百閒は、一等車の席を取りつつ、多くの時間を食堂車で過ごすことを好んだ。「特別阿房列車」の冒頭部分においては、

「用事がないのに出かけるのだから、三等や二等には乗りたくない。汽車の中では一等が一番いい」

と、一等へのこだわりを述べている。続いて、

「私は五十になった時分から、これからは一等でなければ乗らないときめた。そうきめても、お金がなくて用事が出来れば止むを得ないから、三等に乗るかも知れない。しかしどっちつかずの曖昧な二等には乗りたくない。二等に乗っている人の顔附きは嫌いである」

と、記すのだった。

「阿房列車」の時代、国鉄は一等、二等、三等の三等級制をとっていたが、昭和三十五年（一九六〇）に、一等、二等の二等級制に。昭和四十四年（一九六九）には、等級制度が廃止されている。世の民主化につれ、鉄道における格差もまた、消えていったのだろう。

グランクラスやグリーン車の例を出したが、身分制度を知らない我々にとって鉄道の等級制度がどのようなものであったのかは、実感として理解しづらいところがある。飛行機におけるファースト、ビジネス、エコノミーのようなものではないか、とは以前にも書いたが、特に戦

前の鉄道においては、それ以上の心理的な壁があったのではないか。

そういえば知り合いのCAは、

「ファーストクラスに乗っているお客さんは静かな人が多いけれど、ビジネスクラスのお客さんが一番、CAに注文が多いし、偉そうにしている」

と言っていた。百閒が「二等に乗っている人の顔附きは嫌いである」と書くのは、それと似たような理由によるのかもしれない。

百閒は、それぞれ相応の車両に乗るがよい、という主義。金があれば一等や二等に乗るべきであり、「二等に乗ろうと思えば乗れる人が三等に乗って、三等にしか乗れない人の席をふさぐのは不徳義である」（「一等旅行の弁」）とのこと。

お金があるのに三等に乗る人に対しては、「何だかその人の心事が無邪気でない様に思われる」と書く、百閒。

「そう云う人が三等に乗るのは、多くの場合その事が自慢であったり見栄であったりする」のだ、と。

それは、「余裕があるのにあえて金持ちぶらずに三等に乗る自分」を〝アピール〟しているのが鼻持ちならない、ということだろう。

「おれは三等が好きだと云うのは変態であって、一等が好きであると云った方が穏健である」（同）

という文章に密《ひそ》かにうなずく人は、今でもいるのではないか。

だからといって、百閒が常に一等に乗ることができたわけではない。一等が連結されている列車ばかりではないし、またお金が無い時は二等にも三等にも乗ったけれど、それでもやはり好きなのが一等なのであった。

前述の通り、長く座席に座っていることはせずに食堂車で延々と酒を飲むのも、百閒の旅の常である。「なんにも用事がない」阿房列車の旅ではあるが、結果的に「道中、酒を飲むこと」は、最も重要な用事であり、目的ともなっている。

「特別阿房列車」の旅に出発する時も、東京駅へ向かう省線の中で、百閒はヒマラヤ山系に、酒に関する訓示を述べている。道中、酒でしくじることがないようにしようという内容なのだが、

「しかし滅多にない機会だから、出来るだけおいしく、そうしてうんと飲んで来よう」

と。

ヒマラヤ山系も酒は嫌いではなく、出発前から東京駅の精養軒《せいようけん》でウィスキーを飲んで、下地を作る二人。「はと」車内でも、夕方から食堂車に腰を据えて、飲み続ける。「非常な速さで引っ張って走る」中で酒を飲んでいると、汽笛の音がいつになく物々しく聞こえてくる。

「随分大きな駅をどんどん飛ばしているが、そう云う所のちらちらするあかりが、棒の様に長くなって飛んで行った。胸がすく様である」

といった辺りが、この旅のクライマックス。

そう、阿房列車の旅は、終点に着くことがゴールではない。何しろ旅の目的が無いので、そこは「目的地」ですらないのだ。

食堂車を出てコンパートメントに戻った後も、「ボイ」(車内の給仕員であるボーイのこと。百閒は「ボイ」と記す)に命じてビールを持ってこさせ、さらに飲む。窓の外を見ながらビールを二・三本飲んだら「曖昧に大阪へ著《つ》いた」ということで、「とうとう大阪」とか「いよいよゴール」といった感慨は、そこには見られないのだった。

大阪で一泊すると、

「ここ迄来たからには、是非共帰らなければならない。もう冗談ではない」

という心持ちになってくる。往路は目的の無い旅ができても、復路には「帰る」という目的ができてしまっているのだ。ヒマラヤ山系は二等車の切符を取って来たが、「何しろ帰りは用件なのだから」、一等でなくても「もう仕方がない」という心境なのだった。

気がつけば、錬金術で用意したお金はすっかりなくなり、ヒマラヤ山系が用心の為に用意しておいたお金にも、手をつけていた。

「いつの間にか東京へ著いて、中央線の電車に乗り換えて、市ケ谷駅で停まった時左様なら云って、私だけ降りて、貧相な気持で家へ帰って来た」

ということで、この原稿は終了。「やはり我が家はほっとする」でも「久しぶりの鉄道は楽しかった」でもないこの幕切れに、読者は改めて、この旅の無目的ぶりを知ることになる。

かくして初の阿房列車の旅は終わるのだが、その翌年、昭和二十六年（一九五一）の三月には、二本目の阿房列車が仕立てられている。今回は長距離ではなく「区間阿房列車」にしようという目論見《もくろみ》を持つ百閒、では行き先はどこにするか。

手近でさえあればどこでもいい、と思う百閒だが、しかし「行き度くない所が東京の近くに三つある」のだった。その三ヶ所とは、日光《につこう》、江ノ島《えのしま》、箱根（正しい用字にこだわる百閒は「函根」と書く）。

日光、江ノ島、箱根といえば、東京近郊の三大観光地である。が、そのメジャー感が、百閒にとっては気に障るところ。

「だれでも知っている事を、自分が知らないと云うのを自慢らしく考えるのは、愚の至りである。そうは思うけれど、人が大勢行く所へ行きそびれて、そのまま年が経つと、何となく意地になる。そんな所へだれが行くものかと思う」

ということで、その三ヶ所には行きたくないのだ。

日光、江ノ島、箱根に限らず、百閒は観光地と観光行動を好まない。そもそも日本における観光の源は神社仏閣への参拝にあり、鉄道もまた参拝者を輸送するべく、神社仏閣と共に発達した面を持っている。鉄道と観光は、密接な関係を持っているのだ。

しかし百閒は、観光行動から移動という行為を、分離させた。それは今の乗り鉄達にも受け継がれ、神社仏閣に限らず、テーマパークも温泉も無視して、ひたすら移動することに時と金を費やす人々が日本にはたくさん存在している。

鉄道に乗ることと観光とを切り離して考えたのは、百閒が初めてではないだろう。宮脇俊三もまた、子供の頃から、列車に「乗る」ことを目的としていたし、他にも乗ることそのものが好きでたまらない人々は存在したに違いない。

しかしその人々は、「書く」ことはしなかった。宮脇にしても、鉄道には早くから乗っていたが、書き手として世に出たのは、昭和の末期。最も早い時期に「無目的に鉄道に乗ることを好む自分」を世に示したのが、百閒だったのだ。宮脇をはじめとして同じような嗜好《しこう》を持つ人々は、「阿房列車」を読んで「我が意を得たり」と思ったと同時に、先を行かれた悔しさをも感じたのではないか。

百閒は結局、「区間阿房列車」の行き先を静岡方面とする。東海道本線で国府津《こうづ》に着き、御殿場《ごてんば》線へ乗り換える時は、走れば間に合うところを走らずに乗り遅れ、駅のベンチでひたすら二時間、次の列車を待っている。「時間ができたからその辺を見てこよう」という感覚は、全く無い。ヒマラヤ山系とろくに話もせず、ただ座っているのだ。

「する事がないから、ぼんやりしている迄の事で、こちらは別に変った事もないが、大体人が見たら、気違いが養生していると思うだろう」

との部分は、「今日の観点からみると差別的表現と取られかねない箇所」に他ならない。百閒は誰かと横並びに座っている状況を書く度に同じ表現を使用するのだが、足許《あしもと》を雨だれが濡《ぬ》らす状況で二時間、黙って座り続けるのは、確かに正気の沙汰《さた》には見えなかっただろう。

さらに由比《ゆい》駅では、これから大謀網《だいぼうあみ》（定置網の一種）があって船が出るから案内しようかと駅長に誘われても、

「面白そうではあるけれど、行けばそれだけ経験を豊富にする。阿房列車の旅先で、今更見聞を広めたりしては、だれにどうと云う事もないけれど、阿房列車の標識に背く事になるので、まあ止めにして置こう」

ということで、見に行かない。

静岡駅から東京へと帰る時は、また二時間半の待ち時間があった。ヒマラヤ山系から「どこかへ行って見ましょうか」と言われて駅前広場にある名所案内を見るも、「どこへも行って見たくない」。結局また、駅の待合室のベンチにじっと座って時を過ごすのだった。「気を長く持って、我慢していれば、時間は経過する」とは、百閒の弁。「せっかくだから」などと観光しようとはしないのだ。

「観光」とは中国の「易経《えききよう》」の中にある言葉であり、「光」とは美しかったり優れていたりする事物を表すのだろう。しかし百閒が最も生き生きと「観る」のは、光ではなく、列車だった。

百閒はもともと、列車に乗る事も好きだが、それ以上に列車を、それも目の前を走る列車を

見ることを好む。「区間阿房列車」のクライマックスは、線路を望む由比の浜に立ち、通過する「はと」や「つばめ」を見ている時。

百閒にとっての光、それは鉄道だった。そして「阿房列車」という作品もまた、同じように鉄道を捉える人々を照らす光の役割を果たしたのだ。

10

御殿場線の運命

「特別阿房列車」で大阪へ行った内田百閒は、次に近場へと出向く「区間阿房列車」の旅を計画する。その行き先は、前章でも書いた通り静岡方面。興津《おきつ》と由比に宿泊する、二泊三日の旅となった。観光嫌いの性癖については前章で記したが、この旅の主眼もまた「御殿場線に乗る」ことだった。

御殿場線とは、神奈川県小田原市の国府津駅と、静岡県沼津《ぬまづ》市の沼津駅を結ぶ線。御殿場を経由することから御殿場線と名がついているが、この路線は最初から御殿場線だったわけではなく、そもそもは東海道本線の一部だった。

東京〜大阪という日本の二大都市を結ぶ路線が開通したのは、明治二十二年（一八八九）という、日本の鉄道の黎明《れいめい》期のこと。その路線に正式に東海道本線と名がついたのは、明治四十二年（一九〇九）だった。

東海道本線は当初、今とは異なるルートで箱根の山を越えていた。現在の東海道本線は、熱海から丹那トンネルを通り、伊豆半島の根元を横切って三島《みしま》方面へと抜けているが、明治の頃はまだトンネルの掘削技術が未熟であったため、箱根外輪山の北側を御殿場経由で回って沼津へと出るルートが採用されたのだ。

しかし海抜四五七メートルの御殿場駅を通るこのルートは、勾配《こうばい》がきつい上に、遠回りとなる。重い車体の鉄道にとって、勾配は大敵。雨にも弱く、問題山積であった御殿場近辺は東海道本線のアキレス腱《けん》だったのであり、丹那盆地の下を走るトンネルの掘削が検討されていた。

丹那トンネルの工事に着工したのは、大正七年（一九一八）のこと。当初は七年で完成する計画であったが、大量の湧水や断層等、数々の難敵にぶつかり、工事は遅々として進まない。事故による犠牲者が六十七人にも及んだ末にようやく完成したのは昭和九年（一九三四）であり、当初予定の倍以上の時間がかかったことになる。

丹那トンネルの開通によって、東海道本線の同区間における所要時間は、約一時間も短縮された。その結果、御殿場経由のルートは、御殿場線というローカル線になったのだ。

百閒が大学入学のために二等列車に乗って初めて上京したのは、明治四十三年（一九一〇）のこと。この時はまだ丹那トンネルの着工前だったのであり、御殿場経由のルートで新橋駅に到着している。

10

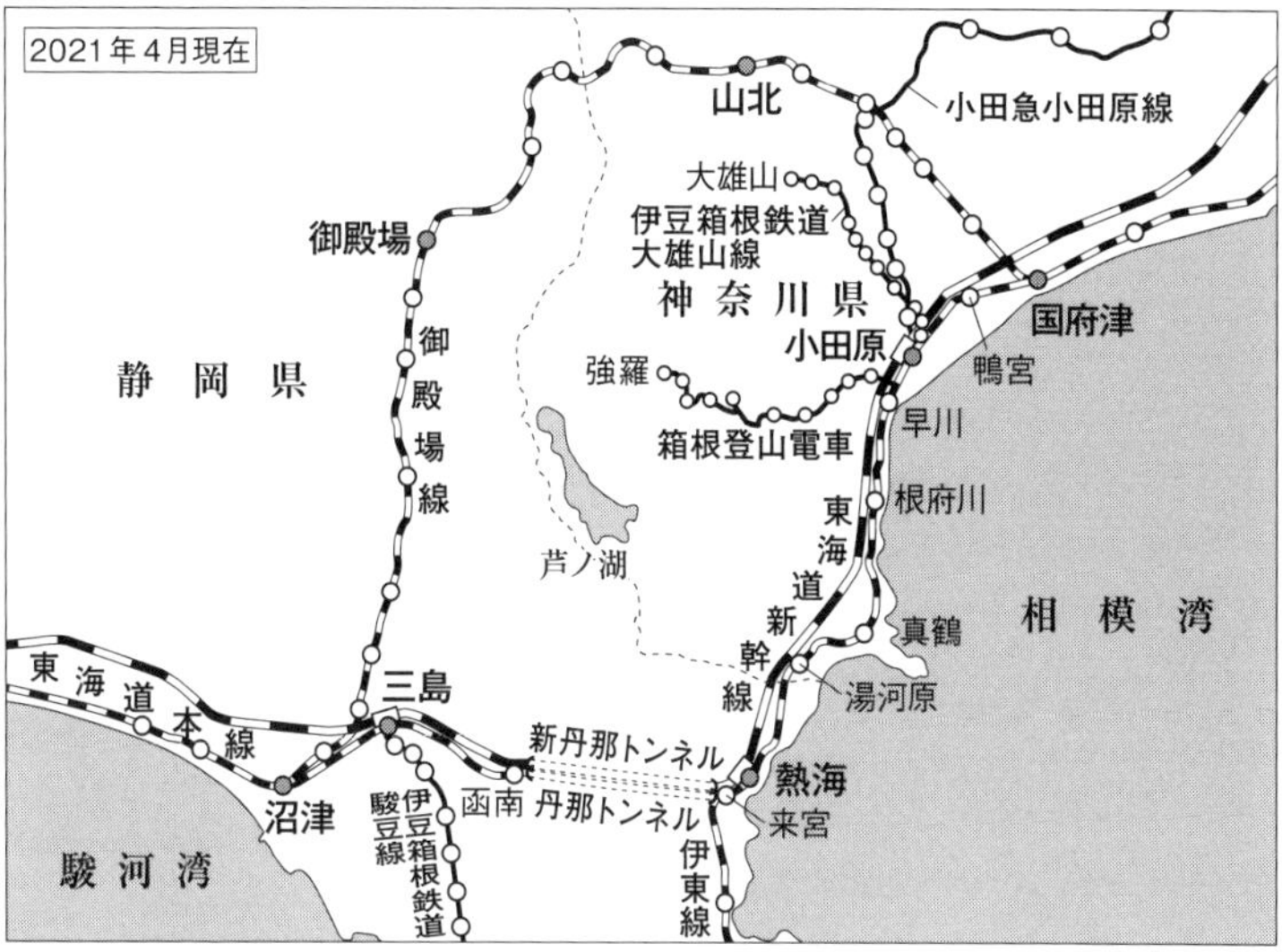

新橋駅に関しても、昔は烏森駅であった現・新橋駅のことを「偽物の新橋駅」とし、あくまで旧新橋駅を「本物」と思いたかった、百閒。また戦争で焼けてしまった岡山よりも、「記憶に残る古里の方が大事」であるとして、岡山に帰ろうとしなかった、百閒。このように百閒は、若い頃の思い出と結びつく事物に関しては、変化をよしとしない。東海道本線に関しても、若い頃は何度も岡山と東京を行き来していただけに、御殿場経由のルートに愛着を持っていた。「区間阿房列車」の行き先として御殿場線を選んだのも、その思い入れがあった故だろう。

丹那トンネル開通当時、八歳だった宮脇俊三は、それが大きなニュースになっていたことを記憶している。

「室戸台風、東北地方の冷害など暗いニュースの多かった昭和九年にあって、丹那トンネルの開通は明るい話題であった。街のショー・ウィンドウにはトンネルから姿を現わした試運転列車の写真が飾られ、小学校の先生は丹那トンネルのことを生徒に話した」

と『時刻表昭和史』に記している。

丹那トンネルの開通は、宮脇が時刻表の世界へと本格デビューするきっかけともなった。丹那トンネル開通によってダイヤは大改正となり、その改正ダイヤが載った時刻表を、宮脇少年は母にねだって、買ってもらったのだ。それは「父の愛用していたポケット判ではなく、絵本のように大きな時刻表」であり、「こんな立派な『汽車の時間表』があったのかと私は思った」(同)。

少年は、喜び勇んで時刻表をめくる。そんな中で彼の目を惹《ひ》いたのは、東京と大阪を結ぶ超特急「燕」。東京駅を朝の9時00分に発《た》つのはトンネル開通前と同様であったが、少年は、国府津駅のところに発着の時刻が記されておらず、通過を示す「↓」が表示されていることに気づく。

丹那トンネルの開通以前、東海道本線を走る列車は全て、国府津に停車した。電化区間が国府津までであったため、そこで電気機関車から蒸気機関車への付け替えを行ったのだ。「燕」の場合は、機関車付け替えの手間を省くべく、東京から蒸気機関車で走っていた。しかし「燕」も、勾配を登るための後押しをする機関車と連結しなくてはならず、停車を余儀なくされたのである。

このように国府津は、東海道本線における重要な駅であったのだが、しかし丹那トンネルが開通すると、事情が変わる。電化区間が沼津まで延びたため、「燕」は勿論《もちろん》、他の特急、急行、準急も、国府津に停車しなくなったのだ。宮脇少年は、

「私はなんだか国府津が可哀想になった」

との感慨を抱く。

丹那トンネル開通以降、「燕」は、電気機関車から蒸気機関車へと付け替えるため、沼津駅に停車するようになる。

「沼津は偉くなったなあ」

と、少年は思うのだった。

丹那トンネル開通の年の暮れ、宮脇少年は母に連れられて、熱海へ行った。兄と共に泉越《いずみごし》トンネルの出口に陣取って通過列車を眺め、「やっぱり乗らなくちゃ駄目だ」と思ったことは、以前も記した通り。

熱海滞在中、宮脇少年と兄は、母と共に熱海から準急に乗って、丹那トンネルの初通過をも果たしている。丹那トンネル開通が十二月一日であり、それから一ヶ月も経たないうちに東海道本線の新ルートに初乗車して、話題のトンネルを通過しているのである。『時刻表昭和史』には、単に冬休みに「熱海へ連れて行ってもらうことになった」と書いてあるが、実際は「東

海道本線に乗りたい。話題の丹那トンネルを通りたい」と、宮脇少年がねだった末に決定された行き先であったのではないかという気もする。

初めて通る丹那トンネルの印象を、宮脇少年は記憶している。「御影石を城門のように入口に積み上げた」という「坑口のつくりからして、ただのトンネルではなかった」と。

しかし列車がトンネルに入ると、「憧れの丹那トンネルではあったが、入ってみると早く通り抜けてしまいたい気持ち」になってくる。トンネルの長さは、七八〇四メートル。八歳の少年にとっては、長い長い闇であったことだろう。

沼津駅で下車した後にも、宮脇少年には見なくてはならないものがあった。9時00分に東京を発って10時56分に沼津に到着した「燕」の、電気機関車から蒸気機関車への付け替え作業である。「燕」到着前の駅の緊張感を、そしてスムーズに付け替えが終わって「燕」が走り去った後の「重責を無事果たした沼津駅に安堵感と宴のあとのような淋しさとが漂った」ことを、少年は感じ取っていた。

宮脇少年が東海道本線に乗るのは、この時が初めてだった。御殿場経由時代の東海道本線には乗ったことがないわけだが、しかしルート変更直後の姿を知っているということは、彼にとって大きな意味を持っていた。

長じて後の宮脇は、『御殿場線ものがたり』という絵本を著している。絵は、鉄道イラスト界の巨匠・黒岩保美《くろいわやすよし》。黒岩は、運輸省鉄道総局において、戦後の特急のヘッドマークの多くをデザインした人物である。宮脇・黒岩という鉄道黄金コンビは、『御殿場線ものがたり』の他にも『シベリア鉄道ものがたり』『青函連絡船ものがたり』『スイス鉄道ものがたり』と四冊の絵本を刊行している。

子供向けの絵本のテーマとして御殿場線を取り上げたのは、宮脇が御殿場線の変遷を、子供達に伝えておきたいと思ったからであろう。国府津駅は、山が海に迫った場所にあるのに駅構内が広いのは、なぜか。谷間《たにあい》にある静かな山北《やまきた》駅もまた広大な敷地を持っているのは、なぜか。レールの脇に、もう一本レールが敷けそうな空間があるのは、なぜか……。

この絵本の初出は、世界の様々な「ふしぎ」について子供達へ専門的な知識を授ける福音館書店の雑誌「たくさんのふしぎ」であり、御殿場線にまつわるふしぎが、ここでは解き明かされていく。かつて御殿場線は東海道本線だったこと。元は複線であったのが、太平洋戦争中に他の路線に転用するためにレールが外され、単線となってしまったこと。そんな御殿場線の運命を知ることは、日本の近代史を知ることにつながる、と宮脇は考えたのではないか。

少年時代、国府津駅のことを「可哀想」と思った宮脇は、大人になってから書いたこの絵本でも、御殿場線の哀しさを綴《つづ》る。丹那トンネル開通後、御殿場線はローカル線に「かくさげ」になってしまい、全ての列車が停まった国府津駅には、「つばめ号」はおろか普通特急すら、

「もうキミに用はないいんだよ」

と通過していく。

絵本のそのページには、国府津駅に寂しく佇《たたず》む駅弁売りの姿が描かれている。ルートの変更により、東海道本線の乗客は駅弁を沼津で購入するようになり、「ぬまづ食わずで沼津まで」という駄洒落《だじゃれ》が流行《はや》ったのだそう。ちなみにこの駄洒落は、「阿房列車」シリーズの十三作目「興津阿房列車」において、ヒマラヤ山系も口にしているのであった。

このように、ルートの変更によって沼津の地位は高まったが、しかしさらに時が経てば、東海道新幹線が開通することになる。

「御殿場線の地位をうばった東海道本線も、新幹線にはかないません。『つばめ号』も姿を消しました」

と鉄道の無常を示すことによって、この絵本は終わるのだった。

鉄道好き達はこのように、時代の移り変わりと共に鉄道事情が変化していくことに対する、繊細な感受性を持っている。鉄道と一体化したいという欲求が彼らの内奥には見え隠れするわけだが、だからこそ列車や駅のことを血や肉を持つ存在として捉《とら》えずにはいられないのだろう。

内田百閒が「区間阿房列車」において御殿場線に乗ったのも、御殿場線に対する同情のような気持ちを持っていたせいではないか。ヒマラヤ山系と共に東海道本線に乗った百閒は、国府津で下車し、

「どことなく何かの裏を見る様な気持で、国府津の駅には光沢がない」（「区間阿房列車」）

10

との印象を持つのだった。それは、「丹那隧道が出来る前の、昔の国府津駅は東海道線の大駅であって、その時分の事を覚えているから」であろう、と。

御殿場線に乗り換えようとして乗り遅れ、ヒマラヤ山系とベンチに座って二時間、漫然と過ごしたのは前章に書いた通りだが、この二時間という時間も、百閒にとっては意味のあるものだった。かつては各駅停車から超特急まで走っていた路線が、二時間に一本しか列車が走らないローカル線になったという事実を、ベンチに座って百閒は体感していたのではないか。

この時、百閒が東京駅から国府津駅まで乗った東海道本線は電気機関車だったが、国府津からの御殿場線を走っていたのは、蒸気機関車である。御殿場線が電化されたのは昭和四十三年(一九六八)のこと。百閒が乗車した昭和二十六年(一九五一)は、「昔ながらの煤煙を吐き出す蒸気機関車」が走っていた。

百閒がショックを受けたのは、御殿場線が単線になっていたことである。宮脇の『御殿場線ものがたり』でも解説されているように、東海道本線時代は複線であったのが、戦争中に不要の路線としてレールを他線に回されていたのである。「いつからこんなみじめな事になったのか」という感慨を抱く、百閒。

「線路を取り去った後の道に、青草が筋になって萌え出している」

との感慨に、哀しみが滲《にじ》む。

百閒が好きな「鉄道唱歌」の第一集「東海道」は明治三十三年(一九〇〇)の刊行であるか

ら、その歌詞は御殿場ルートを歌っている。百閒はその歌詞と、この路線を行き来していた頃の若い自分を思いつつ、車窓を眺めるのだった。

御殿場線が単線になったのは、昭和十八年(一九四三)。百閒が「区間阿房列車」で御殿場線に乗車したのは、昭和二十六年(一九五一)。この八年の時間は、線路が剝《は》がされるという傷が完全に乾くには、まだ足りなかった。その生乾きの様子が、百閒の目には「みじめ」と映ったのだろう。

宮脇は昭和五十三年(一九七八)、二作目の著書となった『最長片道切符の旅』の中で御殿場線に乗車しているが、この時点における御殿場線の〝傷〟は、既に乾き切っていたようだ。使われなくなったトンネル、雑草の茂った廃線跡。そして、勾配を上るために「補機」と言われた機関車を増結させる場所であった山北駅は、「構内は広いが草ばかり茂っている」という状態。「不用となった長い下り線のホームは崩れ落ち、巨大な肥溜《こえだ》めのように見えるのは蒸気機関車の転車台の跡である」と。

宮脇は、丹那トンネル開通から四十四年、そして御殿場線の単線化から三十五年が経ったこの時点において、沿線の光景に対して百閒のようにみじめさは感じていない。

「人間でもそうだが、落ちぶれて間もないうちは未練がましく哀れっぽくていけないが、歳月を経ると風格がでてくる。私は、鉄道の古都のような風趣をこの山北に感じた」

と記すのだ。

この時、宮脇は沼津から御殿場線に乗車しているが、沼津の様子もまた変化している。八歳の時、丹那トンネルの開通によって「燕」をはじめとして全列車が停車するようになり、「沼津は偉くなったなあ」

と思った宮脇であったが、昭和二十四年（一九四九）に電化区間が静岡まで延び、「沼津の凋落が始まった」。そして、「昭和三九年に開通した新幹線は地盤の軟弱な沼津を避けた」のだ。

単線化した御殿場線や、さびれた山北駅に風趣を覚える宮脇は、やがて『失われた鉄道を求めて』『鉄道廃線跡を歩く』という本を出す。廃線跡を徒歩で探索する旅は、「史跡めぐりと考古学を合わせたような世界」であって、「現存の鉄道に乗るのと廃線跡をたどるのと、どっちがおもしろいかという境地に達する」というのだ。宮脇が編著を務めた「鉄道廃線跡を歩く」シリーズは全一〇巻のシリーズとなり、世に「廃線跡歩き」というジャンルを知らしめた。

変化を好まない百閒と、変化を受け入れ、味わう宮脇。それは、生まれた時代の違いと言うこともできよう。百閒が生きたのは、戦争を挟んではいたものの、鉄道が勢いを持ち、その路線を延伸していった時代だった。鉄道の世界に変化はあっても、その多くは拡大やスピードアップに伴う変化であったはず。

対して宮脇は、鉄道斜陽の時代を見ている。自動車の普及等によって、地方の中小私鉄の多くは姿を消し、また昭和五十五年（一九八〇）の国鉄再建法によって、赤字ローカル線が次々に廃線となっていった。

百閒が他界したのは、昭和四十六年（一九七一）。廃線ラッシュの時代を見ることなく世を去ったことは、百閒にとってはむしろ幸いだった気もするのだった。

11

抗い難いトンネルの魅力

「区間阿房列車」において御殿場線に乗車した内田百閒は、かつては東海道本線の一部であった区間が、丹那トンネルの開通によってローカル線となった様子に、寂寥《せきりよう》感を覚える。慣れ親しんだものが変わってしまうことを好まない百閒は、自分が若い頃に乗っていた御殿場回りの東海道本線のルートに、愛着を持っていたのだ。

かといって百閒は、トンネルを憎むわけではない。むしろトンネルそのものには、いつも興味しんしんである。

たとえば「阿房列車」シリーズ三回目の「鹿児島阿房列車」で、百閒は初めて関門トンネルを通過しているが、その時のことは、

「矢っ張り海の底の響きがする。頭の上の離れた所に海波が躍っているのを感じる」

と記される。トンネルの中はもちろん暗いのだが、その暗い壁を一生懸命に見ている百閒の目の端には、反対側の窓にかかる青いカーテンが揺れている様が映り、「海の底の水が揺れている様な気がした」のだ。

「雪中新潟阿房列車」では、上野から急行「越路《こしじ》」に乗って、群馬と新潟をつなぐ清水トンネルを初めて通過し、その長さに感心している。清水トンネルの開通は、昭和六年（一九三一）。「雪中新潟阿房列車」の旅は昭和二十八年（一九五三）であるから、九七〇二メートルという日本で一番長いトンネル（当時）を、百閒は開通から二〇年余、通っていなかったことになる。

清水トンネルの開通によって、東京方面から新潟へは、ぐっと行きやすくなった。川端康成の『雪国』は、清水トンネルが開通したからこそ生まれた、東京の男と新潟の女の物語である。

しかし岡山出身の百閒は、日本の北側および東側に、あまり親しみを持っていなかったように思われる。「雪中新潟阿房列車」に先立って、百閒は「東北本線阿房列車」の旅に行っているが、上野発仙台行の準急に乗り、利根川を越えた辺りからの景色は百閒にとって親しみの薄いもので、

「何の風情もない」

とのこと。福島から盛岡に向かう車中から見える景色にしても、

「山の姿が私なぞには見馴れない形相で、目がぱちぱちする様な明かるい空に、悪夢を追っている様な気がする」

るのだ。

ということなのであり、百閒にとって馴染《なじ》みではないものは、何であってもすさまじく見え

「雪中新潟阿房列車」においても、「越路」からの車窓風景を、

「山の姿がおかしい。見馴れない目には不気味に見える」

と記す。山々を見て「巨大な醜態が空の限りを取り巻いている」とまで。

そんな景色の中を、百閒が乗る列車は清水トンネルに近づいていった。清水トンネルの前後にあるのは、ループ線。

ループ線とは、線路を輪のように一周させることによって高低差を稼ぐ手法。「鹿児島阿房列車」で乗った肥薩《ひさつ》線において、百閒は人生で初めてループ線を体験している。いわゆる「矢《や》岳《たけ》越え」の区間において、百閒は「目を皿の様にして」ループ線を眺めた。

清水トンネルでも百閒はループ線を待ち構えるのだが、時は二月。車内にはスチームが効いており、窓は曇っている。

しかし百閒とヒマラヤ山系が座っているところの窓だけは、曇っていないのだった。なぜなら百閒は、窓が曇ることを見越して「ガーゼの布巾と小さな罐に入れたアルコール」を持参しており、それでしょっちゅう窓を拭《ふ》いているから。先の方の線路の曲がり具合なども見たい百閒は、他人が座っているところの窓も拭きたいくらいだが、さすがにそれは我慢している。

何の目的も無いのが阿房列車の旅の身上だが、その真の目的は列車に「乗る」こと、そして

車中からの景色を「見る」ことであり、その目的を果たすための労は、惜しまぬ百閒。宮脇もまた、寒冷地の列車に乗る時は、窓に凍りついた雪や霜を取るためのタワシや霜とりスプレーなどを持参していたのであり、景色を見ることができなければ、鉄道好き達が列車に乗る意味はないのだ。

百閒は、景色を見るためだけでなく、快適に列車内での時間を過ごすため、様々なものを用意している。たとえば、手箒《てぼうき》とブラシ。当時、ゴミに対する意識は今とは違い、人々は平気で列車の床や窓の外にゴミを捨てていた。座席も汚れていることが多かったので、百閒はブラシで椅子のゴミを払い、手箒で足元も綺麗《きれい》にしてから、着席したのである。

「春光山陽特別阿房列車」では、三脚を持参している。写真を撮りたいわけではない。一等車のコンパートメントの中で飲食をする時、ヒマラヤ山系と横並びに座席に座ると、例の「気違い同志が養生している様な恰好」になってしまう。差し向かいに座るため、椅子代わりとなる小型の三脚を持ってきたのである。他にも、列車内で履き替えるスリッパ、魔法瓶に入れた酒など、車内で快適に過ごすためのグッズには気が回る。

旅の荷は少ない方がよい、という主義の百閒ではあるが、荷を自分で持つわけではない。荷物は全て、一つの鞄《かばん》にまとめてヒマラヤ山系が持つのが常。

最初の頃、山系は「犬が死んだ様なきたならしいボストンバッグ」(「死んだ猫に手をつけてさげた様」と形容されたことも。とにかく死んだ小動物を連想させるバッグだった様が目に浮かぶ秀逸な比喩《ひゆ》表現……）をさげてきたが、シリーズ途中からは、知人が持っている上等な鞄を毎回借りるようになった。

列車内で快適に過ごすための準備にぬかりはない百閒は、そんなわけでアルコールで窓を拭き拭き、ループ線を見物。続いて、清水トンネルも初体験する。

既に、清水トンネルに次いで長い丹那トンネルはもちろんのこと、当時日本三位の長さだった仙山《せんざん》線の面白山《おもしろやま》トンネルも、「東北本線阿房列車」で通っていた、百閒。

「凡《およ》そ長さのある物は、長い程えらい」

とシンプルに評価した後、

「それはそうだが隧道の本質は長さにはなく、暗さにあるだろう」

とも。

百閒が子供の時分、列車内に電灯はついていなかった。長いトンネルの手前になると天井からランプを下げるというサービスはあったが、たいていはトンネルに入ると、車内は暗闇となっていたのである。清水トンネル初通過の時点では、既に列車内に電灯がつくようになっていたが、トンネルの本当の暗さを、百閒は知っていた。

一方の宮脇俊三は、関門トンネルにしても、清水トンネルにしても、百閒よりずっと早くに初通過を果たしている。戦争で死ぬことを半ば覚悟し、十七歳の時に関門トンネルを訪れたことは、以前も書いた通り。清水トンネルに至っては、宮脇が十歳の時、すなわち昭和十二年（一九三七）に通っている。

父が国会議員経験者という宮脇は、今風に言うならセレブである。と同時に、乗りたい鉄道に子供の頃から乗ることができたという鉄セレブでもあった。

清水トンネルは、宮脇が四歳の時に開通している。鉄セレブ、かつナチュラル・ボーン・鉄である宮脇少年が、日本最長の清水トンネルを通過したいという欲望を抱くことは、当然であろう。そんな彼の欲望をさらに刺激したのは、国語の教科書だった。

当時は、日本の国鉄が一つの黄金期を迎えていた時代。線路はどんどん延び、ダイヤは改良され、鉄道は限られた人が乗るものから、一般国民の足としての役割を果たすようになってきたのである。

宮脇が小学生の頃に使用していた『小學國語讀本』には、そんな時代を反映して、鉄道についての読み物が多く載っており、四年生で読んだ「巻八」には「清水トンネル」と題された文章が。群馬の山の様子の記述から始まり、ループ線を通った後、清水トンネルを十二分間かけて抜けるとそこは雪国であって、さらにそこからもう一回、ループ線を通る。……といった文章は、

「私の気持をすっかり高揚させてしまった」

と、『時刻表昭和史』にはある。

一人でも清水トンネルへ行きたい、と思う宮脇少年であったが、さすがにその希望は叶《かな》えられない。代わりに、姉の夫が新潟へ転勤したということもあり、母と共に夏休みに新潟に行くことが決定した。

『時刻表昭和史』の「急行701列車新潟行」には、その旅の様子が詳細に描かれている。上野から乗った新潟行の急行は、関東平野を疾走。次第に勾配《こうばい》がきつくなるにつれ速度は遅くなり、水上《みなかみ》駅に着くと宮脇少年は「とうとう来たな」と思うのだった。

水上駅では、蒸気機関車から電気機関車に付け替え作業が行われる。長いトンネルに蒸気機関車が入ると、機関士が煙に巻かれて失神するといった事故が起こる可能性があるからであり、水上駅からがいよいよ本番である。

その後に通った人生初のループ線を、宮脇少年はじっくりと味わった。そのカーブは予想したほど急ではなく、勾配もまたきつくない。列車内を見れば、懸命にループ線の景色にかじりついているのは自分だけだったのであり、「そんなものか」と思うのだった。

土合《どあい》駅を通過し、列車はいよいよ、清水トンネルへ。土合駅は今、下り線ホームが地下駅になっていることで有名だが、それは昭和四十二年（一九六七）に新清水トンネルが開通し、上越線の下り線がそちらを通るようになったから。地上にある上り線の駅と、地下の下り線の駅とでは高低差が八十一メートルあるという、マニアには名高い駅である。

宮脇少年が乗車した時点では、新清水トンネルはもちろん開通しておらず、この区間は単線。

トンネルに入る前のタブレット交換（上下線の列車の衝突を防ぐために、運転士と駅員が通行票であるタブレットを交換する）の光景を、宮脇少年は記憶している。

そうして、いよいよ通過した清水トンネルはどうだったのか。……といえば、それは『國語讀本』に書いてあった通りでしかなかった。すなわち、

「中にはいれば、何の不思議もない。たゞ暗やみの中をごう〳〵と走るばかり」

であった、ということでこの章は終わる。清水トンネルへの期待とそこにたどり着くまでの道程とを詳述しつつも、肝心のトンネルについては暗闇のことだけを書いて章を終える手際は見事で、読者は突然、暗いトンネルの中に入ったような心地を覚えることになる。

その五年後に開通した関門トンネルへの思いを募らせながらも、戦争中でなかなか希望が叶わなかったことは、以前も書いた通り。鬱憤《うつぷん》を晴らすかのように、宮脇は仙山線で面白山トンネルを通ったりもしている。

「どうも私は、トンネル志向がひときわ強いようである」（『時刻表昭和史』）

と、自覚しているのだった。

トンネルが男子達の心をときめかせるのも、暗い穴に細長い列車が出たり入ったりするというその機能、形状を見るとわかる気もする。滅多にシモがかった記述をすることはない宮脇も、トンネルに列車が入っていく様に胸を躍らせているのは男ばかりであることを指摘した後、

「男とトンネル。そこにフロイト流の解釈が成り立つかもしれない。たしかに、ゴルフ、パチ

ンコをはじめとして男が考案した遊びには、タマが穴に入るという趣向のものが多い。トンネル志向は母胎への回帰だろうか」(『車窓はテレビより面白い』)と書いている。電化などによって新しいトンネルが掘られ、古いトンネルから線路が撤去されて「黒い口を虚空に向けて開いているのを見ると、未亡人を見る思いがする」(『終着駅は始発駅』)とも。長い穴を穿《うが》ち、その穴に列車が入っていくという事実に、彼等の魂はうち震えるのであろう。

そんな宮脇にとっては、青函トンネルもまた特別な存在である。そもそも青函連絡船に対する思い入れが強いために、青函トンネルに対する思いも強いのだ。

以前も書いたように、宮脇が初めて北海道へ行ったのは昭和十七年(一九四二)、十五歳の時。父と共に、青函連絡船で青森から函館へと渡った。二度目は、昭和三十年(一九五五)。青函連絡船の洞爺丸《とうやまる》が台風で沈没し、一〇〇〇人以上の死者・行方不明者を出した大事故の翌年だったが、その時も連絡船は満員だった。昭和四十年代の中頃まで、青函連絡船の乗客数は増え続けていく。

その後は、飛行機の台頭により、青函連絡船の乗客数は年々減少。昭和六十三年(一九八八)の青函トンネルの開業と同時に、青函連絡船は廃止となった。

なぜ「船」である青函連絡船に宮脇俊三は強い思い入れを持つのか、という話もあろうが、青函航路は明治四十一年(一九〇八)に国有化され、国鉄青函航路となっている。すなわち青函連絡船は、船でありつつも国鉄の一部という、鉄道連絡船なのだ。

宮脇は著作の中で、青函連絡船に乗って北海道へ上陸することの意義を、度々綴《つづ》っている。時には、

「前戯なしに北海道へズバリと乗りこむのはよくない。北海道に対して失礼にあたる」

と、ここでもシモがかった文章で乗船を促すほどに、青函連絡船への思いは熱いものがあったのだ。

船でゆっくりと函館へ入港する度に、宮脇は感動を覚えたのであり、それは「古代へまで遡る北海道渡航の歴史の重みがもたらすもの」（『旅は自由席』）であり、また「戦争中の思い出が生ま生ましく甦ってくる」（同）景色でもあった。連絡船に乗ったことがない私も、宮脇の記述を読めば読むほど、「乗っておきたかった」との思いが募る。

御殿場線の歴史を子供達に伝えたいと、絵本『御殿場線ものがたり』を黒岩保美とのコンビで著した宮脇は、同じシリーズで『青函連絡船ものがたり』をも刊行している。青函トンネル開業の直前に書かれたこの本では、「むかしの人が小さな舟で荒波にもまれながら、やっとの思いでわたった津軽海峡」が、青函連絡船のお陰で安全に渡ることができるようになり、戦争や洞爺丸の事故といった悲惨な出来事に見舞われながらも、本州と北海道の橋渡しをし続けてきた歴史を紹介する。やがてトンネルの計画が進み、

「かがやかしい青函連絡船の歴史は、まもなくとじようとしています」

とも。

青函トンネル本坑が貫通した、二ヶ月後。昭和六十年（一九八五）に、宮脇は青函トンネルへと赴いた。津軽《つがる》海峡線の開業前に、青森側からトロッコのような作業用車に乗って海底部分まで見学をしたのだが、本州と北海道が繋《つな》がったという実感は、まだ薄かったようだ。「青函トンネルが開業して列車に乗って通り抜け、対岸から本州を遠望するまでは、信じられそうにない」と、『線路のない時刻表』にはある。

宮脇が初めて青函トンネルを列車で通ったのは、昭和六十二年（一九八七）十二月。開業に先立って行われた津軽海峡線の試乗においてであった。青森から乗ってやがて青函トンネルに入れば、車窓から見えるのは、コンクリートの壁と、上り線のレールばかり。「けれども、いま津軽海峡の海の下へと向っているのだと思えば、感動をおぼえずにはいられない」（『旅は自由席』）と記される。

青函トンネルの構想から、三〇年余。それは、自分が生きているうちには完成しないかもしれないと宮脇が思っていたトンネルでもあった。

トンネルを抜け、北海道らしい景色が目に入るようになると、「青函トンネルが私を北海道へ運んでくれたのだとの実感が、腹の底から突き上げるようにわいてくる」。そして、「涙が出そうになる。しかし、新聞社や鉄道関係の人がまわりにいるので、がまんしなければならない」（同）

とも。常に淡々と列車に乗る宮脇の目にも涙の、青函トンネル初通過であった。

一方の百閒は、青函トンネルに列車が走る二〇年近く前の昭和四十六年（一九七一）に、世を去っている。既に青函トンネルの工事は計画されていたが、そこに列車が走る日が来ることを、百閒は想像していたかどうか。

阿房列車の旅でも、百閒は北海道を訪れていない。怖がりの百閒は、朝鮮戦争の水雷が津軽海峡を漂っているのではないかと考えると青函連絡船に乗るのが恐ろしく、北海道へ行くことは諦《あきら》めたのだ。

もしも百閒が津軽海峡線に乗ったなら、見慣れぬ北の景色を恐れつつも、いざトンネルに入った後に窓から見えるコンクリートの壁を、「目を皿の様にして」眺め続けたことだろう。書かれることがなかった「北海道阿房列車」を、読んでみたい。

12

鉄道の音楽性

宮脇俊三は、モーツァルトが好きだった。平成十二年（二〇〇〇）「旅」誌九月号の一冊丸ごと宮脇俊三大特集においては、「宮脇ファンからの１００の質問」での「鉄道以外の趣味は？」という問いに、

「モーツァルトは非常に好きですね。聴いていると活力が湧いてきます」

と答えている。また「モーツァルト以外に、好きな音楽は？」との問いに対しては、

「バッハです。神に近いって感じ」

と。

「モーツァルトの活力」と題されたエッセイ（『旅は自由席』収録）には、敗戦直後、ラジオから「猛スピードで奈落へ吸いこまれていくような摩訶不思議なメロディー」が流れてきたの

が最初の出会いであったと記される。

それがモーツァルトの「シンフォニー四〇番ト短調」だと知った宮脇は、アルバイト収入の半月分をはたいて、古レコードを手に入れた。

以降、宮脇はモーツァルトに魅入られる。「年刊モーツァルト」なる同人誌を編集し、自身でもモーツァルトの曲のピアノ演奏に挑戦。東大西洋史学科の卒業論文は、「モーツァルトより見た十八世紀の音楽家の社会的地位」だった。

「モーツァルトを知らずに一生を終る人を気の毒だと思う」とまで書く宮脇は、原稿を書く時に、BGMとしてモーツァルトをかけていた。推敲《すいこう》に推敲を重ねて文章を書いた、宮脇。その時、「執筆作業の孤独と苦しみを支えてくれる人」が、モーツァルトだったのだ。

宮脇の長女・灯子《とうこ》は、『父・宮脇俊三への旅』において、モーツァルトの音楽を「父が聴きほれている姿というものを見たことがない」と書いている。野球（元国鉄であるスワローズファン）や相撲も好きではあったが、

「ひょっとしてモーツァルト鑑賞は、父にとって野球や相撲に比べずっと神聖なものだったのではないか。だからひとり旅と同じく、家族に立ち入らせたくなかったのかもしれない」

とあるのだ。

宮脇のみならず、鉄道好きとクラシック音楽好きの間には、相関関係があるような気がしている私。「南蛮阿房列車」シリーズなどで鉄道愛を書いた阿川弘之《あがわひろゆき》も、クラシック好きであっ

た。ウルトラマンで知られる映画監督の実相寺昭雄《じっそうじあきお》も、オペラの演出をするほどのクラシックファンであると同時に、無類の鉄道好き。実相寺の鉄道関連のエッセイを集めた『昭和電車少年』には、音楽用語がちりばめられている。

戦争を知る世代の知識人は、娯楽の少ない中で、音楽といえばクラシックを好きになる確率が高かったのでは、という話もあろう。しかし私的な統計ではあるが、他の世代の鉄道ファンを見ても、鉄道愛好者の中にはクラシック愛好の気がある人が多い気がしてならないのである。

それは、日本人に限った話ではないのかもしれない。昭和三十八年（一九六三）十月号の「旅」誌には「汽車マニアの怪気炎」という座談会が載っているが、会のBGMとして流れていたのは、オネゲルの「パシフィック231」。この曲はアメリカ大陸横断急行列車「パシフィック」をイメージした管弦楽曲で、鉄道とクラシックを共に愛する人々の間では有名な曲である。またドヴォルザークも、鉄オタとしての一面を持っている作曲家であり、海の外にも、クラシック音楽と鉄道とを共に好む人々は存在しているのだ。

鉄道は、決められたレールの上を決められた時刻通りに走ることが運命づけられている乗り物である。そしてクラシック音楽も、決められた形式やリズムに則《のっと》って作られた曲を、指揮者の指示通りに演奏する音楽。そこには確実に通じるものがあろう。

では内田百閒はどうであったかというと、西洋のクラシック音楽を聴かぬでもなかった模様である。しかし百閒と音楽の関係を見るならば、西洋のクラシックというよりも、日本のクラシックである箏曲《そうきょく》を無視することはできない。

百閒が生田《いくた》流の琴を習い始めたのは、十四歳の頃だった。東京に出てからは、三十一歳の時に、箏曲の名奏者であり作曲家である大検校《だいけんぎょう》、宮城《みやぎ》道雄《みちお》の知遇を得る。百閒は宮城のことが大好きであり、二人は宮城が列車からの転落事故で死去するまで、親しく交際を続けた。

盲目の宮城が、誤って列車から転落して亡くなる前後のことを、百閒は「東海道刈谷駅」に詳しく記している。猫のノラがいなくなっても、涙の止まらぬ百閒。親友にして琴の師である宮城の死が、列車からの転落という形でもたらされたことに、どれほどの喪失感を覚えたかが滲《にじ》み出る。

琴をこよなく愛した百閒は、音楽全般に対して親しみを抱いていたように思われる。鉄道唱歌が愛唱歌であったことは以前も記した通りだが、のみならず旅先の酒席ではしばしば、いい調子で歌を歌っているのだ。

カラオケの無い時代、宴会で歌い出す人は多かったのだろうが、百閒が歌うのは流行歌ではなく、鉄道唱歌のように、昔から馴染《なじ》みの深い歌。たとえば「奥羽本線阿房列車」では、秋田の宿においてヒマラヤ山系と三人の国鉄職員と一緒に飲みながら、日清戦争の軍歌を歌っている。

百閒は歌を歌う時、「咽喉から血の出る程にどならないと気が済まない」のだった。他の客の迷惑になると女中が歌を止めに来るほどに、声を張り上げている。

「阿房列車」シリーズ最後の旅となった「列車寝台の猿　不知火阿房列車」では、宮崎から鹿児島へと向かう日豊本線《につぽう》車中において、子供の頃に紀元節の式で歌った歌を口ずさんでいる。それというのも日豊本線車中からは、天孫降臨の舞台とされる高千穂峯《たかちほのみね》が見えるはずだったからら。紀元節の歌は、

「雲にそびゆる高千穂の」

と、始まるのだ。

百閒はその歌を、「車輪が線路の継ぎ目で刻む拍子」で、歌っていた。歌えないことはなかったようだが、鉄道唱歌や日清戦争の軍歌の方が、車輪と線路が刻むリズムには上手《うま》くマッチしたようである。

そして、この「車輪と線路とが刻む拍子」こそが、クラシックのみならず幅広い意味での音楽と鉄道とを親和性の高いものとしている大きな理由の一つではないかと、私は思う。

「雪中新潟阿房列車」においては、上野から新潟へと向かう急行「越路」の出足の速さに驚き、「走れば揺れる揺れ方が律動的《リズミカル》で、線路の切れ目を刻む音も韻律に従って響いて来る様に思われた」と、快適なリズムに満足する百閒。

「飛んでもない大きなソナタを、この急行列車が走りながら演奏している。線路が東京から新潟に跨る巨大な楽器の弦である。清水隧道のある清水峠はその弦を支えた駒である」

と、鉄道を楽器になぞらえている。さらには、

「雄渾無比な旋律を奏しながら走って行く。レールの切れ目を刻む音にアクセントがある。乗客はその迫力に牽《ひ》かれて、座席に揺られながらみんなで呼吸を合わせている様に思う」

ということで、百閒にとって列車が刻むリズムは、この上なく快適なものだったのだ。

「鹿児島阿房列車」では、博多行の急行「筑紫」の車中で、ヒマラヤ山系が会話の途中で口にした「ちっとや、そっとの」という言葉と列車のリズムをつい重ね合わせてしまい、今度は百閒が何かにつけて「ちッとやそッとの」と言い続ける、という事態が発生する。かつては、線路のリズムに合わせて「青葉繁れる」で知られる「桜井《さくらい》の訣別」を延々と歌い続けずにいられなくなった、ということもあったらしい。

自動車や飛行機とは異なり、列車はリズムを刻みつつ走る乗り物であり、そして百閒は、リズムに敏感な人であった。鉄道と音楽が共にもたらしてくれるのは、リズムに身を任せる陶酔なのである。

クラシック以外の音楽ジャンルにおいても、鉄道は作り手の創造性を刺激する乗り物である気がしてならない。たとえば演歌に登場する乗り物といえば、圧倒的に自動車ではなく、鉄道。特に日本海側を走る列車には演歌的情緒を託しやすいし、線路を人生に喩《たと》えてみることもできるのだ。

若者に人気のミュージシャン達も、鉄道をモチーフとした曲を意外なほどたくさん作ってい

る。おそらく自動車をモチーフとした歌よりずっと多いように思われるのは、やはり線路のせいなのだろう。線路があるからこそ、そこから外れるとか外れないとか、始まりとか終わりとか、どこかに繋《つな》がるとか繋がらないといった詩的イメージが喚起されやすいのではないか。同様の意味では紀行文のジャンルでも、自動車での旅行記よりも、鉄道旅行記の方が、名作揃い。音楽的かつ文学的な乗り物が、鉄道なのだ。

百閒はおそらく、耳がよい人であったのだと思う。琴の腕前は相当なものであったようであるし、「阿房列車」シリーズの中でも、音に関する記述が非常に多い。

特に百閒がいつも気にしているのは、列車の汽笛の音である。当時は、蒸気機関車と電気機関車が両方、走っている時代。守旧派の百閒としては当然、蒸気機関車を好むのであり、汽笛についても電気機関車のそれは認めたくないようである。

電気機関車の汽笛について初めて触れた「鹿児島阿房列車」では、

「電気機関車の鳴き声は曖昧である」

と記している。そして、

「蒸気機関車の汽笛なら、高い調子はピイであり、太ければポウで、そう云う風に書き現わす事が出来るけれども、電気機関車の汽笛はホニャアと云っている様でもあり、ケレヤアとも聞こえて、仮名で書く事も音標文字で現わす事も六ずかしい。巨人の目くらが按摩になって、流して行く按摩笛の様な気がする」

と続く（こちらも、今日の観点からみると差別的表現があるわけだが……、以下略）のであり、以降、電気機関車の汽笛を耳にする度に、「例の曖昧な汽笛」と、不満げに書いているのだった。

今となっては我々が蒸気機関車に接する機会は滅多に無いが、私はイベント等の折、何度か蒸気機関車に乗ったことがある。その時に聞いた汽笛は確かに腹の底から響くようで、心に沁《し》みた。蒸気がもたらす音は有機的なのだ。

汽笛を聞いて、「この機関車はC57か58」などと聞き分けもする、百閒。『立腹帖』に収められる「乗り遅れ」には、大正時代に横須賀《よこすか》の海軍機関学校へ教師として通勤していた時の思い出が記されるが、その時に乗っていた八八五〇型の汽車の汽笛が、「細く高く綺麗な音」であったとある。その美しい高い音を「調子笛で合わして見ればよかった」と思っていた百閒は、その後もどこかで同じ音色を聞く度に、「八八五〇型がいる」と思ったのだそう。

まるで惚《ほ》れた女性の声の記憶のようであるが、蒸気機関車が奏でる音は、電気機関車のそれよりもずっと、人の声に近いものだったのだと思う。

百閒は、故郷・岡山近辺を列車が走る時、「こうこう、こうこう」と線路が鳴り出すのだと、「鹿児島阿房列車」や「春光山陽特別阿房列車」で書いている。それは「遠方で鶴が啼いている様な声」であり、「快い諧音であるけれども、聞き入っていると何となく哀心をそそる様な」音でもあった。

12

この「こうこう」という音は、宮脇も子供の頃、山陽本線において聞いていた。昭和十年（一九三五）、八歳の宮脇は母と姉と一緒に、両親の故郷である香川へと旅をしている。旅程は、山陽本線を岡山で下車して宇野線に乗り換え、宇高《うこう》連絡船で四国へと渡るというもの。前年の熱海滞在の折、丹那トンネルを通って沼津までは行ったことがあったが、その先の東海道本線は初めてであった宮脇少年は、うきうきと列車に乗っている。

姫路《ひめじ》を過ぎると、線路は上り勾配《こうばい》となる。勾配を抑えるために迂回《うかい》している線路を走りつつ、やがて兵庫と岡山の県境の船坂《ふなさか》トンネルへ。このトンネルを抜けると「蒸気機関車の音が変り、全速力で走りはじめた」のであり、さらに、「線路がコウコウと鳴る。制限速度いっぱいの時速九五キロで走っているのであろう」（『時刻表昭和史』）と続く。スピードが速いので、通過する駅の名もわからず、かろうじて「わけ」（和気）と「せと」（瀬戸）だけが読めた、とも。

「鹿児島阿房列車」の百閒も、「三石《みついし》の隧道」（船坂トンネルのこと）を出て備前《びぜん》平野の田圃《たんぼ》を驀進《ばくしん》すると、「瀬戸駅を過ぎる頃から、座席の下の線路が、こうこう、こうこうと鳴り出した」と書いている。「春光山陽特別阿房列車」では、やはりこの音を聞いて、「速い時に鳴り出す様で、大体七八十粁《キロ》前後にならなければ、鶴は啼かないのではないか」とのこと。

線路の音を鶴の声に喩える百閒は、鶴の鳴き声には格別の思いを持っていた。百閒の実家は後楽園のほど近くにあるが、後楽園では江戸時代から鶴を飼育しており、百閒は子供の頃から、鶴の鳴き声で目を覚ましていた。鶴の声と姿は、「綺麗な事ばかりではなかった私の過去に、玲瓏《れいろう》な響きと、的皪《てきれき》の光りを遺してくれた」（『たらちおの記』）のだ。山陽本線の線路から聞こえる「こうこう」という音は、空襲で岡山城が焼け、鶴の飼育も途絶えた故郷に対する寂しさと共に、百閒の胸には響いたのであろう（その後、岡山城は再建され、鶴の飼育も再開された）。

百閒は、鶴ばかりでなく、鳥そのものが大好きである。

「私は小さい時分から小鳥が好きで、色色な鳥を飼ったり、殺したりしました」

と始まる『阿房の鳥飼』との書を記すほど、子供の頃から小鳥達を飼い続け、戦争中に空襲で家が焼けるという時も、飼っていた小鳥達をできる限り連れて逃げようとしていた。

当然、鳥の鳴き声にも詳しく、阿房列車の旅をしている時も、鵯《ひよどり》と百舌《もず》を聞き分けたり、八代《やつしろ》の鴉《からす》の声柄を判定したりしている。阿房列車に乗って阿房の鳥飼の本領を発揮するのは、百閒にとって至福のひとときだったのではないか。

鉄道は、ただ移動するために乗るものではない。景色を見て、様々な音を聞き、煤煙《ばいえん》の匂いを嗅《か》ぎ……という、それは五感の全てを刺激される乗り物。二人の鉄道紀行を読んでいると、読者の五感もまた刺激され、身体で記憶している列車のリズムが蘇《よみがえ》ってくるようなのだった。

13

酒という相棒

造り酒屋の息子である内田百閒は、酒好きである。黒澤明最後の作品『まあだだよ』では、百閒門下生達が百閒の還暦を祝って以来毎年続いた「摩阿陀会《まあだ》」（まだ生きているのか、といったところから来る）を描いているが、会の始まりで、松村達雄演じる百閒はいつも大ジョッキのビールを一気飲みしている。それは事実だったようで、ヒマラヤ山系こと平山三郎の著書『阿房列車物語』によれば、それは「口をつけたら息をきらずに飲み乾す」のが「乾杯の礼儀」だから、と行っていたことなのだそう。

「阿房列車」シリーズでは、百閒の飲みっぷりもまた、読みどころの一つである。旅先の宿では、地元の駅長など国鉄職員を招待して飲むことも、しばしば。普段は人見知りだったというが、駅長となると例外らしく、鉄道人との酒席が「嬉しくなかった試しはない」と書いている。

深酒をすると、朝がつらい。

「もしお酒と云うものを飲まなかったら、宿から宿への出立がどんなにすがすがしいだろう」

「旅先でお酒は一切飲まない事にしたら、道中がどんなにさわやかだろう」

と百閒はあちこちで思うのだが、「しかし今晩からもうお酒を飲むのはよそうと考えるのは六ずかしい」のだ。

宮脇俊三は、

「自分が酔っぱらった状態を活写するのは至難のわざで、それができたのは内田百閒だけ」

と、書いている。「阿房列車」シリーズにおいて、百閒が飲んだり酔ったりしている様を読むのは楽しいが、下戸の私はそれが「至難のわざ」だということを、宮脇の指摘によって知った。

百閒は旅先の宿でも飲むが、列車内でも相当に飲んでいる。たとえば「特別阿房列車」で百閒は特急「はと」に乗って大阪へ行ったが、飲酒は乗車前から始まっている。東京駅においてヒマラヤ山系が首尾よく一等の乗車券を入手した後は、安心して駅の精養軒で「ウィスキイ」を飲む。列車の発車はお昼すぎであるから、真昼間もいいところだが「これは旅中の例外であって、旅の恥は掻き捨てだと云う事にした」のだそう。

発車後は、しばし鉄道の感慨に浸った後に、食堂車へ。夕食で混雑する時間まで、酒を飲みながら暮れゆく景色を眺める。夕食の時間が近づいてくるとコンパートメントへと戻るのだが、その足元がおぼつかないのは、列車の揺れのせいだけではない。

コンパートメントに戻ってしばらくすると、また咽喉《のど》の渇きを覚えた百閒。ボイに持ってこさせた麦酒を二、三本飲んだところで、「曖昧に大阪に著《つ》いた」のだった。

大阪駅のホームに降りると、

「大阪駅はいくらか柔らかい様で、ふにゃ、ふにゃしていて、足許の混凝土《コンクリート》がふくれている」

とのこと。百閒の小説ではしばしば、現実に幻想が浸潤してくるかのような記述が見られるが、しかし大阪駅が本当に柔らかくはなかったはずで、酔っていたからこその感覚であったと思われる。

「雷九州阿房列車」では、熊本・八代のお気に入りの宿である松浜軒《しょうひんけん》において痛飲した百閒。庭の池に、「人の目を見返す様に」光るものを見て、「水伯」(=水神)の目ではなかったか、と思ったりもしている。

水神だけではない。阿房列車の旅には、天狗《てんぐ》やら狐やら猿やらが、ひょっこりと顔を出す。現実と非現実の狭間《はざま》に落ちたような酩酊《めいてい》感が読む側にも伝わってくるのであり、「自分が酔っぱらった状態を活写」とは、そのような部分を指すのかも。

「阿房列車」シリーズの一回目である「特別阿房列車」の出発前、百閒はヒマラヤ山系に、「酒でしくじる事のない様に」との訓示を垂れている。「しくじると云うのは人に迷惑を掛けると云う事でなく、自分で不愉快になり、その次に飲む酒の味がまずくなると云う様な、そう云う事を避けようと云う意味」だそうで、つまりは最初から飲む気が満々の旅だった。

百閒のような酒飲みがじっくりと飲むことができる場であった鉄道は、その後、変化を続けていく。「特別阿房列車」の時代は東京から大阪までは八時間かかったわけで、乗客は腰を据えてゆっくりと飲むことができた。しかしスピード化が進んでやがて新幹線が登場すれば、大阪までは三時間一〇分で到着するように。

宮脇が紀行作家としてデビューしたのは、既にそんな時代であった。寝台車は存在していたものの、次第に飛行機や新幹線といった乗り物に押されて、人気は薄れていく。

新幹線でも飲酒は可能であるけれど、せいぜい三時間程度の乗車時間では、百閒のように鯨飲ということにもなるまい。日帰り出張の後に新幹線で東京に帰る会社員達を見ていると、二、三本缶ビールを飲んで眠りに落ちる人がほとんど。昨今は日本人のアルコール離れが進んでいるせいか、新幹線で日本酒やウィスキーを飲む人の姿も、あまり見なくなってきた。

スピード化で「日本が小さくなった」と言われるようになり、列車内で消費される酒の量は減ったことだろう。鉄道のスピード化は、乗客の酒の飲み方を変えたのだ。

百閒と宮脇の酒の飲み方の違いには、同行者の有無という問題も関わってくる。百閒の場合、ヒマラヤ山系という若くて酒も好きな旅のお供が全ての旅に同行したので、常に共に飲むことができた。対して宮脇は、編集者と一緒に旅をすることもあるが、基本的には一人旅派。一人の時は、旅先の酒場で飲んだり、ビジネスホテルで時刻表をめくりながら飲む時間が至福だったようである。

そんな中、宮脇が列車内で楽しそうに飲んでいる場面が目立つ書が、『時刻表おくのほそ道』である。この本は、日本各地の私鉄、それも日本の片隅で赤字に耐えつつ頑張っている私鉄に乗りに行く旅のシリーズ。「オール讀物」に連載されていたため、最初は企画立案者である文藝春秋社の若手編集者が同行し、彼が異動した後は、別の若手編集者が同行している。

連載が始まったのは、昭和五十六年（一九八一）、宮脇五十四歳の頃である。二人の編集者とはかなりの年の差があったが、二人は共に酒好きだった。宮脇との相性も良かったようであり、楽しそうに飲みながら旅をしている。

この書で宮脇達は、しばしばブルートレインに乗車している。一九七〇年代、ブルートレインは飛行機や新幹線に押されるなどして利用客が減ってきていたのだが、一方で一九七〇年代後半には、主に子供達の間にブルートレインブームが到来。被写体としてのブルートレインは、人気になっていた。『時刻表おくのほそ道』の旅は、そのブームもそろそろ終焉《しゅうえん》という頃に行われたのだが、もちろん宮脇と編集者は、普通の人なら飛行機に乗る距離でも、ブルートレインで移動するのだった。

たとえば、伊集院《いじゅういん》と枕崎を結ぶ鹿児島交通枕崎線（昭和五十九年／一九八四年に廃線）に乗りに行った時は、特急「はやぶさ」の個室寝台車で旅立っている。東京駅を16時45分に発車し、翌日の14時00分に鹿児島の川内《せんだい》駅で下車。二〇時間以上乗車するわけで、当然ながら、飲む。

「個室寝台に乗る以上は、すこしマシな酒を飲みたい」ということで、宮脇は七年ものの紹興《しょうこう》酒《しゅ》をデパートで買ってきていた。

宮脇は紹興酒が好きだったようだが、かつては「汽車の中で飲む酒は何が好き?」との読者の質問に対して、

「しいていえばワイン。日本酒で好きなのは『八海山』です。缶ビールはあまり好きじゃないですね」

と答えている。列車内であっても好きな酒を飲みたい、という意志が感じられる。

宮脇は、酒で身体を壊した経験を持っていた。五〇代になった頃に肝臓の数値が悪化し、医師から禁酒を命じられたのだ。それがきっかけで『時刻表2万キロ』の執筆に身が入り、会社を辞すことにもつながった模様。

その後、体調は回復して飲酒も再開されたのだが、「どうせ飲むなら美味い酒を」という感覚は、あったことだろう。

そんなわけで「はやぶさ」の個室の寝台に並んで座り、紹興酒を傾けた二人。宮脇は百閒のように、男二人が横並びで飲食することを絶対的に忌避するわけではない。列車に乗っているだけでも上機嫌な上に、酒も入ってますます気分が良くなるのだった。

島根の一畑《いちばた》電気鉄道に乗りに行った時は、東京駅から「出雲《いずも》1号」で松江《まつえ》へ向かっている。この頃、普通寝台はガラガラであることが多かったのに対して、個室は人気だった。東京駅で

は、ブルートレインの写真を撮るべく集まっていた少年達から「羨望の視線」を浴びている。

宮脇はこの時、駅の売店でウィスキーを仕入れていた。編集者も、日本酒や缶ビールをどっさり買ってくる。車中、二人で存分に飲んでも余るほどの量であり、下車後も手分けして、持ち歩いた。

この辺りの感覚は下戸にはわからないところで、重い液体を持って旅をするだなんて難儀ではないか、と思う。しかし彼等は一畑電鉄に乗り終えた後、岡山の津山《つやま》まで、酒を携行。津山の宿で、宮脇が一人、それらの酒を片付けている。

百閒もまた、似たようなことをしている。「鹿児島阿房列車」では、家から二本の魔法瓶に入れた燗酒《かんざけ》を携行して急行「筑紫」に乗ったものの、大船《おおふな》の辺りでは酒が足りなくなることが予見され、ボイに新しく二合瓶を買ってきてもらうも、それを半分ほど飲み残す。旅の道中で飲もうと思って残りの酒を鞄《かばん》に入れたはいいが、ずっと忘れて、とうとう家に戻ってくるまでの八日間、持ち歩いていたのだ。

どうやら酒は、酒飲みの旅人にとっては大事な相棒の役割を果たすらしい。残ったからといって捨てることなど、考えられないのだろう。

宮脇の時代、寝台車以外の列車は、酒を飲むのに適さない環境になってきていた。前述のようにスピードアップの影響で、鉄道に乗っている時間が短縮されてきたことの他に、座席の問題もあった。

『旅の終りは個室寝台車』は、昭和五十七年（一九八二）から「小説新潮」での連載が始まった鉄道乗車紀行集だが、影が薄くなってきた寝台車に乗ったり、スピード化が進む中で日本で最長距離（当時）を走る鈍行列車に十八時間半も乗り続けたりと、時代の流れに抗《あらが》うかのような旅を、毎度している。

そんな中で「九州行・一直線は乗りものづくし」は、地学で言う「中央構造線」を鉄道や船で辿《たど》って、東京から九州まで行く旅。宮脇は東大の理学部地質学科に入学し、途中まで学んだ後、文学部西洋史学科に移った人である。

その中で奈良の高田《たかだ》から国鉄和歌山線に乗車し、途中の五条《ごじよう》駅から未電化区間（現在は電化）になるためディーゼルカーに乗り換えた時、車両を見て宮脇は落胆する。座席が、ロングシートだったのだ。

新幹線のようなクロスシート、四人が向かい合わせに座るボックスシートなど、列車の座席は様々。その中で、山手《やまのて》線など都市部の列車のように、窓に背を向けて集団見合い状態で座るロングシートは、最も旅の情緒を減ずる座席である。

宮脇はこの時、紀ノ川《きのかわ》を眺めながら飲むことを楽しみに四合瓶を手に入れていたのだが、ロングシートを見て、飲む気を失うのだった。「四人向い合せの席でなら、ただの酒のみですむが、ロングシートで飲むと住所不定のアル中の趣を呈してくる」から。

ボックスシートやクロスシートは、個室ではないものの乗客同士の視線がある程度隔絶されるため、プライベート感があって酒も飲みやすい。しかしロングシートでは乗客を見渡すことができるため、そこで酒を飲んでいると、「我慢できない人」感が漂うのだ。

ロングシートは、「飲む」のみならず「食べる」ことも躊躇《ちゅうちょ》させる。旅先において、列車の中で食べようと弁当などを買って乗り込んだらロングシートだったので、空腹を抱えつつも食べることができない、という経験は私にもある。

身体をねじらないと景色を見ることもできないロングシートに、宮脇は度々苦言を呈している。ロングシートは効率よく人を運ぶ機能を持っているが、効率と旅情は両立しないのだ。

宮脇は「食いしん坊」と自称することもあり、食べることも好きだった。旅先では駅弁、立ち食いそばなど様々なものを食べているが、しかしその美味《おい》しさも不味《まず》さも詳述しないのは、酒についてと同様。

そんな宮脇が食べる喜びを隠すことができなかったのは海産物、特にカニである。冬になるとしばしば山陰地方へ行っているのもカニと無関係ではなかったようで、カニについての記述には、他の食べ物よりも熱がこもる。

長女の宮脇灯子は『乗る旅・読む旅』の文庫解説で、「素材そのものを味わう」が父君の食の哲学であったと記す。「肉ならステーキ、魚なら刺身、野菜ならおひたしまで」が、許容範囲だったとのこと。寒い地方の港町で刺身を肴《さかな》に一杯、という宮脇の記述に多幸感がこもるのは、そのせいだろう。

一方の百閒もまた、食いしん坊である。『御馳走帖』は食にまつわる名エッセイとして知られるが、そこには、

「私は食ひしん坊であるが、食べるのが面倒である」

と、複雑なことを書いている。「雪解横手阿房列車」には、「肉感の中で一番すがすがしい快感は空腹感である」とも。そんな複雑な食欲をヒマラヤ山系はよく理解して、空腹にも酩酊にも、淡々と付き合っているのだった。

昨今の鉄道好きの中には、鉄道にのみ没頭するあまり、飲食のことがどうでもよくなっている人も多い。土地の味に触れようとせず、売店のパンで腹を満たすのみ、というような。

しかし食べることにも飲むことにも熱心な百閒と宮脇の旅は、売店のパンで鉄道に乗り続ける人の旅と比べると、より味が濃いのだった。食べて飲むことによって、線路が敷かれる土地をも咀嚼《そしやく》しているかのよう。

宮脇は、旅に出ずに自宅で原稿を書いていると体調が悪くなり、旅に出た途端に絶好調になる、という体質だった。旅が不足していると、食欲は減退し、便秘になり、機嫌も悪くなってしまうが、列車で旅に出かけると、途端に全てが好転して駅弁を二個食べたりしている。

宮脇だけではない。百閒もまた同じ体質だったらしく、特に駅にいて通過する列車を眺める時などは、「肩のしこり、胸のつかえ、頭痛動悸、そんな物が一ぺんになおってしまう」(「特

別阿房列車」）ほど。

百閒にとっても、宮脇にとっても、鉄道こそがエネルギーの源だった。そんな鉄道に乗っている時に、酒が進み、食が進むのは当然だったのだろう。

宮脇灯子は著書『父・宮脇俊三への旅』で、宮脇の晩年は「酒びたりの毎日」であったと記している。「筆力が落ち、そのせいで飲酒量が増えた」と。

そして私は、デビュー作『時刻表2万キロ』で北海道を完乗した時、予期せぬ虚無感に襲われ、本州へと渡る青函連絡船の中で飲みすぎて悪酔いした宮脇の姿を思い出すのだった。「終わり」の虚《むな》しさを覚えた時、宮脇は決して裏切らない相棒である酒を飲まずにはいられなかったのではないか、と。

平山三郎は、百閒が死の直前まで、ストローで「シャムパン」を飲んでいたことを書いている。寝ている百閒の視線の先には、国鉄のカレンダーからちぎった、岡山後楽園の写真が貼られていた。

百閒も宮脇も、酒を生涯の友とした。鉄道に乗ることが叶《かな》わなくなった後も、二人は酩酊の中に、列車の揺れを感じていたのであろう。

14

女と鉄道

鉄道はかつて、男の乗り物であった。以前も紹介したように、宮脇俊三は『時刻表昭和史』において、昭和九年（一九三四）時点においては、

「一般に、汽車の旅は老人、女、子どもにとって危険をともなうことと思われていた」

と書いている。特に三等車は治安が悪く、物騒なイメージがあったのだそう。

乗客側が男性中心であった鉄道は、運行側はさらに男性中心、と言うよりはほぼ男性だけで構成されていた。しかし第二次世界大戦で男性の働き手が不足し、女性職員が目立つようになってくる。同書によれば、まずは出札や改札を女性職員が担うようになり、次第に「荷扱いや保線作業のような重労働まで女子がやるようになった」。いよいよ男性が払底すると、女性車掌、そして女性運転士の姿も、見られるように。戦争中は、鉄道の現場において多くの女性が活躍する、特殊な時代だった。

14

敗戦後は男性が戻ってきた上に、昭和二十二年（一九四七）に制定された労働基準法の「女子保護規定」によって女性は深夜労働や休日労働ができなくなり、その数も減っていく。しかし新しい時代のサービスの一環として、戦後の看板列車である特急「つばめ」「はと」には、女性客室乗務員の「つばめガール」「はとガール」が乗務するようになった。それまでは、列車ボーイ（百閒言うところの「ボイ」）だけだったのが、〃女のボーイ〃が登場したのだ。

獅子文六《ししぶんろく》の小説『七時間半』には、「つばめ」「はと」をモデルとした「ちどり」「ひばり」という特急が登場している。「ちどり・ガール」と食堂車の「ウエートレス」の間で恋の鞘当てが行われるのだが、この小説によれば、「ちどり・ガール」は「スチュワーデス」とも言われていた模様。見目麗しい良家の子女が採用され、乗客からもおおいに人気があったようである。

百閒は、「ボイは勿論男でなければいけない」という主義である。新聞で、特別急行のボイに女性を起用するというニュースを読んだ時は、「こう云う美人に東海道中をかしずかれては、一等車も台無しだ」と心配を募らせたが、「特別阿房列車」で東京駅から特急「はと」に乗った時は、旧来通り「年配のおやじ」のボイが出てきて、ほっとしている。

大阪からの帰りに乗った「はと」の二等車のボイは女、つまりはとガールだったのだが、意外にも百閒は、さほど嫌悪感を示していない。時刻表の口絵写真で見た女ボイは、洋装の美人が下卑た薄笑いを浮かべたりしていたので嫌悪を催した百閒だったが、実物は「清楚で活潑で救世軍の女下士官の様な感じ」だったのだ。

百閒は、男の世界としての鉄道を、愛していたのだと思う。女性性という夾雑物《きょうざつぶつ》で、その空気を乱されることを恐れていたところが、実際の女ボイは女性性をふりまくタイプではなかったので、許すことができたのだろう。

男性中心なのは、鉄道に乗る人、鉄道で働く人ばかりではない。鉄道のことが好きな人、つまり鉄道ファンも、近年女性ファンが増えてきたとはいうものの、著しく男性比率の高い世界である。

たとえば珍しい列車が走るという時、カメラを持って沿線で待ち構えているのは、ほぼ男性である。マニアと地元の高齢者しか乗らないようなローカル線内でも、女性のマニアを見かける機会は少ない。

以前も記した通り、百閒は列車に乗る際、先頭車両から最後尾の車両まで、全てをホームから眺めなくては気が済まず、宮脇もその傾向があった。彼等にとって列車の編成を全て「見る」ことは、所有の代替行為であり、古代の天皇が国見をするようなものだったのではないか。乗りつぶしという趣味も、所有欲求の発露の一形態であり、男性の得意な「収集」に当てはまるのではないかと私は思う。

今となっては、JRはおろか私鉄も含め全線完乗を果たしている人は珍しくなく、それどころか全駅下車などということをしているマニアがいることも知られている。が、その手の乗りつぶし行為を世に広めたのは、宮脇のデビュー作『時刻表2万キロ』だった。

宮脇が国鉄完乗について考えるようになったのは、昭和四十二年（一九六七）のこと。四〇歳になった宮脇は、行ったことのない都道府県がなくなったことを機に、自分がそれまでに乗った国鉄の路線のキロ数を計算してみたところ、全線の五〇％ほどであった。幼い頃から鉄道に乗り続けてきた宮脇は、この数字に「意外と少ない」との印象を覚える。まだ半分しか乗っていないのか、と。

以降、細かなローカル線にも乗るようになった宮脇が、四年後の昭和四十六年（一九七一）に再び計算してみたところ、今度は七十三％になっていた。この時点で、国鉄全線完乗への道を歩み始めたことが、宮脇にとっては人生の岐路となった。完乗を果たさなければ、宮脇は『時刻表2万キロ』を書かなかったかもしれず、従って作家としてデビューをしていなかったかもしれない。定年まで会社に勤め続けた可能性も、あろう。しかし宮脇が選んだのは、完乗への道だった。

とはいえ七十三％に乗った時点でも、「是が非でも完乗せねば」と思っていたわけでは、ないらしい。残りの二十七％は、いずれも簡単に乗りに行くことのできないマイナーなローカル線ばかり。

「だから、全線完乗は手間のかかるばかりか、馬鹿らしいことでもある。ああいうことを目指すのは目玉の据った狂信者や完璧主義者のやることで、とても私の体質には合わない、と思っていた」

というのだ。

が、それでもローカル線に乗りに行くのは面白く、会社の休日を利用してコツコツと乗っていた宮脇。『時刻表2万キロ』に書かれているのは、残りが一〇%となった頃からの話であり、とうとう完乗を果たしたのは昭和五十二年（一九七七）、五〇歳の時だった。

宮脇は、「国鉄を制覇してやる」といったアグレッシブな態度で完乗に臨んでいたわけではない。自分にとって面白いことをしていたらたまたま完乗を達成した、ということであったのだろう。

しかし、乗っていない路線に乗る経験を積み重ねていくということは、〝経験の収集〟であり、そこに私は男性性を感じずにはいられない。今となっては、完乗を果たしている女性も、完乗を目指す女性もいるけれど、それは男性の拓《ひら》いた道のフォロワーであるケースが多く、こと「収集」の道に関しては、男性に一日の長があるのではないか。

宮脇は完乗を果たした時、「虚無感におそわれ」たのだが、それは燃え尽き症候群のようなものだったのか。しかし宮脇はその後も、次々と違う切り口を見つけては、鉄道に乗り続ける。鉄道は、男達に夢を永遠に見させてくれる存在なのだ。

男性が「所有」にこだわりを持つのに対して女性が求めるのが「関係」だとするならば、鉄道においてそれは「心地よく乗る」ことではないかと私は思う。全ての車両を確認しなくても、途中で居眠りをして絶景を見逃しても、列車に抱かれていることそのものに、女性は満足を覚える気がしてならない。

武張ったタイプではないものの、非常に強い男性的な精神が自身の中に存在することを、宮脇は自覚していた。『時刻表2万キロ』にも、地理に弱い女性が多いことを引き合いに出してから、

「地理的知識なるものは、探検とか侵略とか領有とかのオス的所業にかかわっているようで、平和な巣を営もうとする者には不必要なのかもしれない」

と書く。探検、侵略、領有とはすなわち、所有へのステップ。平和な巣を好む女には地理の知識は必要ないのだろう、と考えている。

『旅は自由席』において、宮脇は珍しく家族旅行のことを書いている。一人旅が好きな宮脇も、「たまに、本当にたまに、家族といっしょに旅行したいなと思うときがある」のだそうで、その時は妻とその妹、そして当時大学一年だった長女と共に、宮脇以外は行ったことがなかった立山《たてやま》黒部アルペンルートへ向かった。

黒四ダムと黒部峡谷の壮大な景色に、「どうだ、いいところへつれてきてやっただろう」と、少し得意な気持ちになった宮脇。しかしそこで長女が、

「ここへ来たことあるわ」

と言い出した。中学時代、学校の旅行でこの景色を見たというのだ。

一般的に女性は、旅先の絶景のことは覚えているけれど、「どこからどこへどう行ったとい

うルートについては関心がない」と思う宮脇。「旅行は『線』だと私は確信している」けれど、女性は「『点』でしか捉えない習性がある」と。

宮脇は、旅行で大切なのは点ではなく線だ、としばしば記している。町であれ村であれ、それぞれの地は孤立しているわけではなく、つながっている。旅の妙味はそのつながり方を知ることにある、と。

宮脇が「点ではなく線」と言う時、そこには地理的な「線」だけでなく、時間的な「線」の重要性も、含まれていたに違いない。ある土地を「現在」という一点だけで見るのではなく、過去から脈々と存在し続ける歴史の「線」の中で見るべきだという思いも、込められていたのではないか。

宮脇家の家族旅行に話を戻せば、続いて乗ったケーブルカーもロープウェイも、長女は乗った覚えがあるという。

「まったく、女子どもとの旅は張り合いがない」

と最後は締められているのだが、しかし宮脇はだからといって「女子ども」を切り捨てるわけではない。男女を違う生き物として認識した上で、無理に同化を図ろうとはしていないのだ。

黒部への旅で、

「ここへ来たことあるわ」

と言い出して父を落胆させた長女・灯子は著書『父・宮脇俊三への旅』の中で、宮脇が子煩悩な父親であったことを記している。人からは、留守がちなお父さんで可哀想と思われていたが、当の娘達はむしろ「マイホームパパ」だと思っていたのだ。

宮脇も、旅の時はいつも、娘さん達手作りのマスコット人形を携行していた。宮脇以外は家族のメンバーが女性であったからこそ、「君臨すれども統治せず」的な家長として、一人で自由な旅を続けることができたのではないか。

宮脇は『終着駅は始発駅』において、「女性が鉄道に興味を示さず、したがって共に語り合う機会のないことは、鉄道ファンの一人として淋しい限り」と書いている。列車の先頭車の一番前に立って、運転士の目線で前方を見つめているのは、自分を含めて男ばかり。女性の鉄道好きは極めて少ないのだ、と。

しかし本当にそれが残念だったのかといえば、そうでもないのだろう。老若「男」達と、言葉は交わさずとも列車の一番前に立って同じ景色を眺める時、百閒が老ボイに対して抱いていたような、そこはかとないシンパシイを覚えたのではないか。

百閒は女のボイの登場で男の世界を荒らされたくないと思っていたが、女の旅人を見る機会は少なかったようである。対して宮脇が執筆活動を始めたのは、日本の女性がどんどん旅行をするようになっていった時代だった。高山《たかやま》へ向かう列車の中で、車窓風景には全く興味を示さず、「高山へはあと何分で着くの？」などと言いながらトランプに夢中になる女性グループに対して、やはり女は「点」のみを見て「線」を見ぬ、と思ったりもしている。

戦後、女性が旅するようになっていった最初のきっかけは、昭和三十九年（一九六四）の、新幹線の開通ということになろう。万博で人々が大阪を目指した後は、昭和四十五年（一九七〇）から、国鉄が「ディスカバー・ジャパン」のキャンペーンを開始。同年には「アンアン」が、翌年には「ノンノ」が創刊され、共に旅の特集が多かったために、「アンノン族」と言われる女性が旅をする姿も目立ってくる。

アンノン族というと、ブームに乗った若い女性が京都や小京都をチャラチャラ旅行していたと思われがちであるが、その根源はウーマンリブにつながっていた。女性客が少なかった当時は、旅館などの施設も男性客相手につくられており、男風呂《ぶろ》は広々としているのに女風呂は狭小、といったことも当たり前。そのような状況に異を唱えよう、という動機があったのだ。

特に「アンアン」の旅のベースには、当時盛んだった団体旅行など愚の骨頂、一人で鈍行列車に乗ってこそ本当の旅、というポリシーがあった。伯備《はくび》線やら五能《ごのう》線やら釧網《せんもう》本線やらといった渋い路線も、誌面には登場している。

アンノン族がそのまま育てば、女性の鉄道ファンは順調に増えていったと思われるが、彼女達は結婚すると、旅を続けなかった。世の中では次第にウーマンリブ的な空気が薄れ、「アンアン」や「ノンノ」も、旅よりもファッションに力を入れるようになっていったのである。一九八〇年代ともなれば、円高等の影響で海外旅行に人々が気軽に行くようになり、国内旅行は割高というイメージも出てきた。

そんな中で、国鉄は様々な策を練る。昭和五十六年（一九八一）には、中高年夫婦向けの「フルムーンパス」を、翌年には「青春18きっぷ」の前身を、さらにその翌年には、三〇歳以上の女性を対象にした「ナイスミディパス」を発売。高齢者、若者、女という「働く男」以外の人々にも、列車旅の魅力を伝えようとしたのだ。

「ナイスミディパス」のターゲットは、既婚女性。当初の広告キャラクターは、菅井《すがい》きん、野《の》際陽子《ぎわようこ》、泉《いずみ》ピン子《こ》であり、コマーシャルではそれぞれが「たまには」「女にも」「いかせてください」と言っている。中年以上の女の旅はまだ特殊で、男に許可をもらって「いかせて」もらうものであったことが理解できるが、もしかすると「いかせて」は、夫婦の夜の営みとのダブルミーニングだったのかもしれない。

それはいいとして昭和五十八年（一九八三）、宮脇が郡山《こおりやま》から磐越《ばんえつ》西線の急行「ばんだい5号」に乗った時、「いまや『フルムーン時代』」ということで、グリーン車は二〇組もの「中老年夫婦」で混雑していたのだそう。しかしその時はまだ、「『ナイスミディ』とおぼしき客は見当らなかった」とのこと（『終着駅へ行ってきます』）。

上原謙《うえはらけん》と高峰三枝子《たかみねみえこ》という、生々しい高年カップルが宣伝キャラクターとなったフルムーンパスは、ヒット商品となった。フルムーンパスで旅行に行きたい、との提案を夫人から受けた時には、宮脇もそのヒットの実感を覚えている。

それというのも宮脇家では、旅行とは「亭主が一人でするもの」と決まっていて、鉄道にばかり乗っている家長の旅に家族がついて行くそぶりを見せなかったから。そんな中で、夫人が「行きたい」と言い出したことによって、宮脇はフルムーンパスのヒットぶりを実感し、「たまにはよかろう」と、九州への旅を計画した。

当時のフルムーンパスは、七万円で全国の国鉄のグリーン車に二人で乗り放題、特急料金は不要、有効期間は七日間というものだった。宮脇は「できるだけたくさん乗らなくては損」と、東京から出発して九州へ、さらには九州から北海道へと丸七日、国鉄に乗りっぱなしの旅程を考案する。国鉄全線の三十一％に乗り、普通に乗車券を買えば二人合わせて三十一万円超という旅程を見た夫人は「意欲を喪失したらしく、わが家の『フルムーン旅行』は沙汰止みになった」のだ。

そんな宮脇であったが、六〇歳を過ぎた頃からは、夫人を伴う旅が増えていった。「多少、付き添いが必要になってきたし（笑）」と、雑誌の取材では語っている。

一方の百閒は、「阿房列車」の旅に同行しているのは、最初から最後まで、ヒマラヤ山系である。旅先では、かつての教え子や国鉄職員達と酒を酌み交わすが、女性が登場するといったらせいぜい、宿の女中さんくらい。百閒は、男の旅を貫き通したのだ。

百閒は、旅に妻を伴うことをしないが、妻もまた、それを苦としていないようである。それというのも百閒は、家でも一人ではいられない人。妻を片時も離さずにあれこれと世話をさせていたのであり、妻は百閒にかかりきりだった。百閒が阿房列車の旅をしている間に、妻は他の用事を済ませていたのであり、それは息抜きの時間ともなったのではないか。

百閒に、「フルムーンの旅」という発想はなかった。明治の男は、最後まで鉄道を、男の世界のままにしておきたかったのだろう。

15

誕生鉄と葬式鉄

新型コロナウイルスの流行以降、第二次世界大戦時以来の、「不要不急の旅行は控えよ」との要請を受けることとなった日本人。そんな中で思うのは、内田百閒が、何も用事は無いのに決行した「阿房列車」の旅は、究極の〝不要不急の外出〟であったということである。

百閒が、不要不急の鉄道旅行の楽しみを世に知らしめて以降、そのチルドレンは増え続けたが、ここにきて旅を止められ、鉄道好き達はどれほど悶々《もんもん》としていることか。

令和二年（二〇二〇）の五月七日に一部区間の廃止が決まっていたJR北海道の札沼線《さつしよう》では、廃止前のゴールデンウィークに「最後に乗っておきたい」という鉄道ファン達が押し寄せると、新型ウイルス蔓延《まんえん》防止の観点から見て危険だということで、ラストランをGW前の四月中に早めた。廃線となってしまう路線に最後に乗りに行くという旅を、鉄道ファンは「要」であり「急」と判断し得る、とJR北海道は予見したのだ。

一部の撮り鉄達も、撮影のためなら危険を顧みないところがある。そういえば第二次世界大戦で不要不急〝不急不要〟（当時はこの順番だった模様）の旅行が禁じられていたにもかかわらず、若き宮脇も様々な手を尽くして鉄道旅行をしている。「鉄道が好き」という気持ちは、時に危険な一線を越えさせてしまうのだ。

鉄道となると目が血走るファン達を甘く見てはいけないと知っていた、JR北海道。廃線を看取《みと》りたいというファンの熱意は、札沼線の寿命をわずかとはいえ縮めることとなったのだが、このように廃止が決まった路線や、引退する車両に最後に乗りに行く人々やその行為を、「葬式鉄」と言う。

「もう乗ることができない」となると乗りたくなるのが人情というもので、廃止が決まった路線は、ラストランまでの日々、混雑が続くことになる。「だったら廃止が決まる前からもっと乗ってあげればよかったのに」と思うが、そうはできないのも人の常。普段は没交渉でも、人が亡くなると親戚《しんせき》や友人がわらわらと集まってきて「いい人だった」などと言い出すのと同じである。

内田百閒も宮脇俊三も、しかし葬式鉄の趣味は持っていない。宮脇は『車窓はテレビより面白い』の中で、北海道の湧網《ゆうもう》線の廃止が決まった後、テレビの取材も兼ねて廃線の十三日前に乗りに行っているのだが、名残りを惜しむ鉄道ファン達で既に混雑していることに驚いていた。

二人が葬式鉄行為よりも楽しんでいるのは、葬式鉄の反対、新線や新しい車両などがデビューする時である。それを「誕生鉄」と言うのかどうかは知らないが、鉄道好きにとって、新しい路線の誕生は心ときめきするものだ。以前にも記したが、岡山と宇野を結ぶ宇野線が開通した時、旧制高等学校の三年生だった百閒は、やはり鉄道好きの同級生と一緒に、一番列車に乗りに行っている。友人の方は、発行番号一番の切符を入手したそうなので切符鉄でもあったようだが、百閒は切符にはこだわらないタイプだった。

「春光山陽特別阿房列車」は、「誕生鉄」紀行と言ってもよいかもしれない。昭和二十八年(一九五三)三月のダイヤ改正の折、京都と博多を結ぶ特急「かもめ」が新しく走ることになり、百閒はその一番列車に乗りたいと思っていた。すると大阪の鉄道管理局から、思いがけず一番列車への試乗の招待を受ける。百閒は既にその前年、鉄道開業八〇周年を記念して東京駅の一日駅長を務めてもいるので、鉄道好き文化人として、鉄セレブ的な存在だったのだろう。

しかし百閒は、その招待を受けるかどうか、躊躇《ちゆうちよ》するのだった。新設特急の一番列車とあれば、鉄道関係のお偉方や地元の名士、新聞記者なども乗ってこよう。それを考えるとうっとうしくなってきたのだが、やはり一番列車の魅力には抗《あらが》えなかった。

京都始発の「かもめ」に乗るため、まずは東京から急行「銀河《ぎんが》」で京都へ。早朝に京都に到着し、「かもめ」出発まで、京都御所などを眺めて時間を潰《つぶ》す。

再び京都駅に戻り、いよいよ百閒達が乗車した「かもめ」が走り出した。少々長くなるが引用すると、その時の様子は、

「構内の方方にいる現場の諸君が、勿論彼等に汽車が珍らしい筈はないのに、丸で田舎の子供が汽車を眺める様な顔をして、どこかの小屋から走り出して来て、何本目かの線路の向うに堵《と》列《れつ》し、目を輝かしながら見送っている。手を挙げて、機関車に向かって歓呼する者もいる。新らしい特別急行列車の処女運転と云う事が、関係者にはそんなにうれしいのかと思い、その様子を見て渋い目の渋が取れる様であった」

というもの。

京都駅の広い構内を、C59に牽引《けんいん》された列車がゆっくりと走り出した時、駆け寄ってきて嬉《うれ》しそうに眺める「現場の諸君」に、百閒は限りない共感を覚えている。彼らの「田舎の子供」のような顔は、子供時代の百閒が、岡山で汽車を眺めていた時の表情と同じものであっただろう。

阿房列車の旅シリーズが終了した後も、百閒は〝初もの〟に乗りに出かけている。『立腹帖』に収められる「八代紀行」には、東京と博多を結ぶ、戦後初の夜行特急「あさかぜ」の運行初日に乗った旅について記されている。

時は昭和三十一年（一九五六）。十一月十九日に国鉄のダイヤ大改正が行われるタイミングで「あさかぜ」がデビューすることとなり、「かもめ」の「乗りぞめ」をした百閒としては、「今度の『あさかぜ』も機逸す可からず」という心境になり、乗りたくて楽しみで「むずむずしていた」。「何しろ汽車に乗ってどこかへ行く様な事にならないかと明け暮れ祈って、事有れかしと待っていた」のだ。

博多まで行くのであれば、「鹿児島阿房列車」で泊まって以降大のお気に入りになった松浜軒がある八代まで足を延ばそう、となったこの旅。阿房列車の旅ではなかったが、お供はもちろん、ヒマラヤ山系である。

出発当日、東京駅の出発ホームは、

「世間に汽車好きは多いと見えて、この初下りの機関車のあたりには見物だか見学だかの若い連中が大勢いる」

という状態だった。「誕生鉄」はこの頃から存在していたのであり、また鉄道ファンでなくとも、新しい列車の誕生に立ち会うのは喜ばしいことだったろう。いつもであれば、ホームを歩いて先頭車両から最後尾までチェックする百閒だが、ホームが混雑していてままならないほどだった。

「あさかぜ」が博多に到着すれば、今度は爆竹が鳴り楽隊が音楽を奏でるという大騒ぎで、すぐにはホームに降りることができない。戦後の復興期、鉄道は花形の乗り物だったのだ。

鉄道の世界が華やかだった阿房列車の時代に対して、宮脇が会社を辞して自由に鉄道に乗ることができるようになったのは、モータリゼーションが進んでいった鉄道斜陽の時代である。しかし鉄道の人気は、その時代にむしろ高まっていた。

『旅は自由席』のまえがきでは、「鉄道人気の謎」として、その理由が考察されている。青函トンネル開通、瀬戸《せと》大橋線の開業、国鉄の分割民営化によるサービスの向上等の理由が挙げられているが、しかしそれだけではない、とそこにはある。

「われわれ鉄道ファンとしては、北海道や四国へ線路がつながるのは人一倍嬉しいけれど、それがなかったなら鉄道への関心が薄らぐ、といった浅い次元ではないのである」

ということで、ローカル線が廃止となったならば、「やむをえない。しからば廃線跡を歩いてみるか」となるのだ、と。

ここで注目すべきは、宮脇が葬式鉄的行為には興味を示していないところである。廃線に反対するとか、最後に乗りに行って悼むといったことではなく、「しかたない」と捉《とら》えている。その上で、廃線跡を歩くという、「墓参鉄」的な新たな楽しみを発見しているのだ。

湧網線の廃止前に乗りに行った宮脇は、その原稿の最後に、

「ローカル線は地元のもの。鉄道マニアのものではないのだ」

と書いている。遠くに住んでいる者がローカル線の廃止に反対したり、最後だからといってわざわざ乗りに行くという行為に、宮脇は美しさを感じていなかったのではないかと、私は思う。消えてゆく鉄道の生々しい「死」の現場に駆け寄って嘆くのではなく、死という事実が乾ききってから廃線跡をたどって在りし日の面影をしのぶところに、無常を受け入れる度量を感じるのだ。

葬式鉄には食指を動かさない宮脇であるが、誕生鉄的な行為については、生き生きと描写している。なにしろ昭和八年（一九三三）の八月一日に帝都電鉄（現在の京王井《けいおうい》の頭《かしら》線）が開通した時、渋谷に住む小学校一年だった宮脇は「さっそく乗りに行った」（『終着駅は始発駅』）のであり、誕生鉄としては筋金入り。

大人になっても、その楽しさを忘れることはない。たとえば『旅は自由席』に収められる「予讃新線の開通日」は、昭和六十一年（一九八六）に予讃《よさん》線に新しく通ったバイパス線に乗りに行った時の話。

予讃線は、香川県の高松《たかまつ》と、愛媛の宇和島《うわじま》を結ぶ路線である。当時は、高松から四国の北側の海沿いを西に進み、愛媛の松山《まつやま》を通って伊予灘《いよなだ》沿いを進んで、宇和島まで行っていた。しかし伊予灘沿いの区間には崖《がけ》崩れの危険があるということで、内陸部を通ってショートカットすることができる新線を作ったのだ。結果、特急や急行は新線を走り、鈍行のみが旧線を走ることに。

宮脇は、

「新線に乗るのは楽しい。私のように国鉄の全線を乗り終えてしまった者にとっては、なおさらである」

と、誕生鉄行為の喜びを隠さない。四国へと渡る手段としては、岡山から宇野線に乗り、宇野から宇高連絡船に乗るルートを選んだ。四国に上陸した後は、坂出《さかいで》駅からタクシーで番《ばん》の州《す》という地へ向かう。坂出沖の埋立地の工業地帯である番の州は瀬戸大橋のたもとであり、「本四架橋、つまり備讃瀬戸大橋の工事の進捗ぶりを見るため」であった。

それは、瀬戸大橋の完成まではあと二年、という時。「その二年が待ち遠しいので、こうして眺めに来た」のだ。瀬戸大橋がかかれば、本州と四国が初めて鉄道で結ばれる。宮脇はこの前年にも番の州を訪れており、「あのときはピア（主塔）とアンカレッジ（橋台）だけだった」が、この時は「巨大なピアの間にケーブルが張られて、橋らしくなっている」と、その進《しん》捗《ちょく》ぶりを確認している。こうなると、誕生鉄よりさらに前段階の、妊婦鉄と言ってもいいのではないか。

妊娠した娘の大きなお腹を見て「この子が生まれれば俺もおじいちゃんか」と人が思うように、宮脇は橋らしくなってきた現場を見て、「この橋を鉄道で渡る日は私も還暦を過ぎるのだな」などと思いつつ、多度津《たどつ》からディーゼル特急「しおかぜ三号」に乗車した。

この特急はこの日から予讃新線を走るのだが、松山を過ぎても、車内の人々が楽しみにするような様子はない。宮脇は「ワクワクしているのは私だけ」という孤独を噛《か》みしめている。

向井原《むかいばら》駅で線路は分岐し、鈍行しか走らなくなった旧線は右へ、特急は左へ。鈍行はわずかな本数しか走らないのであり、「なんだか旧線が可哀そうだ」との同情も、募ってくる。

ちなみに宮脇から同情された旧線は現在、「愛ある伊予灘線」との愛称がつけられ、観光列車も走っている。この愛称の意味は非常に難解であるが、ＪＲ四国によると「地元の方により親しみを持っていただき、地域一体となってお客様をお迎えする気持ちを込めて」とのことらしい。

特急が新線に入ると、列車に手を振る子供の姿を沿線に見るなどして、新線開通の実感を味わう宮脇。しかし他の乗客達は特に興奮しているわけでもないのであり、宮脇も「内心はとにかく、普通の客のように静かにしている」のだった。

『旅の終りは個室寝台車』に収められる「雪を見るなら飯山・只見線」には、タイトル通り冬の飯山《いいやま》線と只見《ただみ》線で雪景色を眺める旅が記されているが、只見線の大白川《おおしらかわ》駅で宮脇が思い起こしたのは、昭和四十六年（一九七一）の八月二十九日のことだった。

現在の只見線は新潟県の小出《こいで》と福島県の会津《あいづ》若松《わかまつ》を結んでいるが、只見線は昭和十七年（一九四二）の開通以来、小出と大白川を結んでおり、只見線という名でありつつ只見までは開通していなかった。大白川の先にある六十里越《ごえ》という峠は、日本有数の豪雪地帯であり、工事の難所。線路の行く手を阻んでいたのである。

只見線の開通から約三〇年後、昭和四十六年に六十里越トンネルは完成した。只見線はようやく只見まで延伸し、会津若松と只見間を走っていた会津線と繋《つな》がり、会津若松～小出間が只見線となったのである。

宮脇は、只見線が初めて六十里越トンネルを通る現場に、立ち会っている。「雪を見るなら飯山・只見線」にさりげなく、

「当日の一番列車に私は乗ったことがある」

と、書いているのだ。

一番列車は、地元の人達で超満員だったのだそう。新潟と福島の県境を貫く長いトンネルを抜け、田子倉《たごくら》のダム湖が見えた時は、

「みんな手をとり合い、肩を叩き合って涙を流した。泣いていないのは私だけで、バツがわるかった」

というのだ。出産を寿《ことほ》ぐ瞬間に一人だけ、家族以外の人が交じっていたような感覚だったのか。

新生只見線の一番列車に乗車した時、宮脇は四十四歳。既に中央公論社の取締役になっていた。国鉄乗車率を計算して「五十パーセントとは意外と少ない」と思ってから、四年。鉄道旅行にも月に一回ほど出かけている中での、只見線「誕生鉄」行為だった。

地元の人達が歓喜の涙を流す中で、一人困ったように佇《たたず》む宮脇の姿が目に浮かぶようだが、宮脇は旅先で常に、このような含羞《がんしゅう》を抱いていた気がしてならない。旅人は本来よそ者であることを、宮脇が忘れたことはなかったのではないか。だからこそ、常日頃から付き合いがあったわけでもないのに命の終わりとなった時にやってきて見物するかのような葬式鉄行為については、書こうとしなかったのではないかと、私は思う。

考えてみれば、宮脇が十七歳の時に関門トンネルを通りたくて九州へ行ったのも、誕生鉄行

為だった。関門トンネルはその一年半ほど前に完成しており、平時であれば、宮脇はそのトンネルを通る一番列車に乗っていたところだろう。しかし戦争で「不急不要」の旅は禁止され、家族にも止められてなかなか旅立つことができなかったのだ。

いよいよ戦況が悪化し、自分も兵隊にとられたり空襲にやられたりする可能性が見えてきて、旅立つ決心をした宮脇。それは自らの死の可能性が迫ってきたからこその、誕生鉄行為だった。

「区間阿房列車」には、百閒が御殿場線に初めて乗った時の感慨が記される。しかしその時の百閒の気持ちは、初めて乗る路線の新鮮さを堪能《たんのう》するというよりも、廃線跡の探訪に近かった。御殿場線区間が東海道本線だった頃によく乗っていた百閒としては、丹那トンネルの開通によってローカル線となり、あまつさえ戦争中に単線になってしまった御殿場線は、列車が走っているとはいえ、廃線跡に近い存在だったのではないか。

しかし百閒もまた、その寂しさを大仰に嘆くことはしない。鉄道は、自分の思い通りにならないからこそ、愛《いと》おしい。自分の思いと鉄道の現実が乖離《かいり》したとしても、その寂しさ、悲しさをアピールしないのが二人の文章であり、古風な感覚であるかもしれないが、私はそこから一種の男らしさを感じるのだった。

16

曾遊、その喜びと悲しみ

様々な〝〇〇鉄〟が存在する、鉄道ファンの世界。そんな中で内田百閒の鉄道好き具合に無理矢理名前をつけるとしたら、「曾遊鉄《そうゆう》」ということになろうか。

私は「阿房列車」においてこの言葉を知ったのだが、「曾遊」とは、曾《かつ》て行ったことがある、の意。百閒は、乗ったことのない路線を乗りつぶしたいという欲求より、曾遊の地を再訪したいという欲求の方を強く持っていた。曾て行ったことのある地を再訪することは、年をとってからの旅の大きな楽しみの一つであると、最近の私も理解するようになったところ。

百閒の師匠である夏目漱石は『草枕』に、「われわれは草鞋旅行《わらじたび》をする間、朝から晩まで苦しい、苦しいと不平を鳴らしつづけているが、人に向って曾遊を説く時分には、不平らしい様子は少しも見せぬ」と書く。つらい草鞋旅行であっても、その体験を人に話す時は楽しく、誇

らしげですらあったりすると続くのだが、なぜならば、

「旅行をする間は常人の心持ちで、曾遊を語るときは既に詩人の態度にあるから」

ということ。

確かに、曾ての旅について語る時、人はつらい思い出にもうっとりと身をゆだねる。だとしたら曾遊の地をふたたび訪れた人の思いは、さらに感傷的になるのではないか。

阿房列車の旅の六回目「雪解横手阿房列車」は、四回目の「東北本線/奥羽本線阿房列車」で訪れた横手《よこて》を再訪するための旅である。

「横手にはこの前、一昨年秋出掛けた時の奥羽阿房列車で泊まった。だから曾遊の地である。阿房列車を同じ行き先へ二度も仕立てると云う事は、大体考えてはいないが、ただこの横手と、もう一つ、熊本の先の八代とへは、重ねてもう一遍行って見たいと思う」

ということだった。

百閒が最初に横手を訪れたのは、秋。横手と黒沢尻《くろさわじり》（現・北上《きたかみ》）を結ぶ横黒《おうこく》線（現・北上線）は、車窓から眺める紅葉が見事だということで、百閒には珍しくローカル線に乗車している。そんな横手の雪景色も見てみたいということでの再訪となったのだ。

もう一ヶ所、百閒が再訪を希望していた八代は、百閒のお気に入りとして最も有名な地であろう。「阿房列車を同じ行き先へ二度も仕立てると云う事は、大体考えてはいない」どころではなく、「阿房列車」だけでも八代には五回、訪れている。

百閒が初めて八代を訪れたのは、阿房列車の旅の三回目、「鹿児島阿房列車」において。この旅で百閒とヒマラヤ山系は、まず東京発博多行の「筑紫」に乗車している。しかし博多までは行かずに、尾道《おのみち》で途中下車。戦前に乗った呉《くれ》線から見た白砂青松の景色が忘れられず、もう一度見たかったのである。

〃曾乗〃の列車・呉線から瀬戸内海の景色を楽しんだ百閒は、広島で一泊し、翌日再び「筑紫」に乗車。初めて関門隧道《すいどう》を通り、九州に初上陸したのだ。

博多で一泊し、三日目に「きりしま」で鹿児島へ。二晩を過ごした後に、肥薩線でループ線やスイッチバックを体験して、八代へ到着する。

この時に投宿したのが、現在は国の名勝として一般公開されている「松浜軒」だった。熊本藩八代城主であった松井《まつい》家が、浜茶屋として建てた邸と庭園である松浜軒は、「鹿児島阿房列車」の旅が行われた昭和二十六年（一九五一）から旅館として営業していた。その後、長く贔屓《ひいき》にすることとなる女中さんの「御当地さん」とのやりとりなど、松浜軒での様子が「鹿児島阿房列車」では詳しく記されている。松浜軒に対する賞賛が連ねられるわけではないものの、百閒はこの旅館がいたく気に入ったのであり、阿房列車七回目「春光山陽特別阿房列車」においても、八代を再訪するのだった。

前章でも触れたように、この旅は京都と博多を結んで新しく走ることになった特急「かもめ」の一番列車に乗ることが主目的。「博多に著《つ》いたらすぐに引き返そうかとも思ったが、はるばる筑紫の果てまで来たのだから、事の序《ついで》にと思って、一昨年の初夏、一度立ち寄った八代へ、もう一度行って見た」のだ。

「かもめ」車中では、一番列車とあってインタビューなど受けねばならず、落ち着いて列車を楽しむことができなかった百閒。しかし翌日に到着した松浜軒では、ひたすら庭を眺めているだけで、他にするべきことはない。

「何でも出来るけれど、なんにもする事がない。昨日一日の車中にくらべて極楽である。八代へ来てよかったと思う」

という心境になる。

百閒は、宿に愛着を覚えるタイプだった。紀行作家の戸塚文子《とつかあやこ》、作曲家で鉄道ファンの堀内《ほりうち》敬三《けいぞう》との鼎談《ていだん》において、

「ぼくは旅行は好きじゃないんですよ。汽車は好きだけれども旅行という観念はキライですよ。だからどこへ行っても宿屋へ行ったきりでどこへも出たことはありませんよ」

と語っているように、百閒は旅先でも基本的には、宿に籠《こも》っている。松浜軒は百閒にとって籠り心地の良い宿だったのであり、その後も「雷九州阿房列車」「長崎阿房列車」「不知火阿房列車」と、九州へ行ったら必ず松浜軒を訪れるのだった。「阿房列車」シリーズで九州を度々訪れているのは、松浜軒に泊まりたいからという部分も大きかったのだろう。

宿に限らず、百閒は〝反復癖〟のようなものを持っている。『御馳走帖』には、昼食として、

毎日正午ぴったりに蕎麦《そば》を届けさせて食べ続ける様が記されている。今も麴町にある「秋本」のうなぎを、日々延々と食べ続ける時期があったことも、有名な話。

松浜軒に通ったのもまた、そういった〝癖〟の一つの表れかもしれない。ヒマラヤ山系こと平山三郎が書いた『阿房列車物語　百鬼園回想』には、松浜軒について、

「庭の眺めが、半日ぼんやり眺めていても先生を飽かせないのである。わざわざ汽車に乗って、お庭を眺めて、のんびり欠伸《あくび》をするだけの目的で、前後十回以上も八代へ行った」

とある。正確には松浜軒へ行ったのは計九回のようだが、とにもかくにも百閒は松浜軒を愛していた。

阿房列車の旅は、昭和三十年（一九五五）の「列車寝台の猿　不知火阿房列車」で終わるが、その翌年も春と秋の二度、百閒は松浜軒を訪れている。春は、

「八代へ行って来ようと思い立ったから出掛けて来ただけの事で、八代に何の用事もない。どこかへ廻ると云う先もなく、どこかから八代へ立ち寄るのでもない。ただ八代へ行き、しかし行けば帰って来なければならないから、行ったら帰ると云うただそれだけの予定である」（「八代紀行」）

という、八代不足を補うためのような旅。そして秋は、新しくデビューした特急「あさかぜ」に乗って博多へ行ったついでに、八代へ。

さらにその翌年も八代を訪れているが、それは傷心の百閒を元気づけるために行われた旅だ

った。日本におけるペットロス文学の嚆矢《こうし》『ノラや』に詳しいが、この年の三月に、可愛がっていた飼い猫・ノラが失踪《しっそう》し、百閒は失意のどん底にいた。その前年には、親友の宮城道雄検校が列車から転落して亡くなっており、百閒にとっては受難の時期であった。

ノラのことで「悲嘆の最も深刻だった時」に百閒を旅に誘ったのは、「椰子《やし》君」こと、新潮社の小林博氏。

「余りに取り乱している私にその話（注・「小説新潮」の取材旅行）を伝えて私の気を変えさせ、私の好きな所へ行く旅行に誘い出して私の気分が落ちつく様に仕向けてくれたのだろうと思う」（「千丁の柳」）

ということで、当然ながら行き先は八代。いつものようにヒマラヤ山系も一緒に旅をするのだが、大好きな松浜軒でお酒を飲んでいても、ノラのことを思い出すと落涙する百閒。旅に出ている間にノラが戻ってくることもなく、家に帰ると、

「沓《くつ》脱ぎに腰を掛けた儘《まま》、上にも上がらず泣き崩れた」

のだった。さしもの松浜軒も、百閒のノラロスを癒《いや》すことはできなかったのだが、しかし「松浜軒に行けば、先生の気持ちも少しは晴れるのではないか」という椰子君達の気持ちが温かい。

翌年には、百閒の誕生日を祝う「摩阿陀会」にて、古希のお祝いとして、九州旅行が贈られている。早速旅立った行き先はやはり、八代である。

しかしこの時、松浜軒は経営の危機にあった。戦後、旅館として営業を始めたものの「営業と云っても士族の商売どころか殿様の商売なので埒《らち》はあかなかったに違いない」と、百閒は『臨時停車』に書く。松浜軒に九度来た中で「外の座敷に相客のあった事は一二度しかない」ということで、百閒も「旅館としての松浜軒がいつ迄続くのか知らと心許なく」思っていたのである。

百閒が訪れた時も、松浜軒は既に臨時休業に入っていた。しかし「格別の御贔屓」ということで、宿泊することができたのだ。

百閒はこの時、松浜軒に今後、宿泊する機会はないと思っていただろう。しかし松浜軒での最後の夜の子細は、『臨時停車』には記されていない。帰る時に御当地さんが駅まで送ってくれた事、そして最初に八代を訪れた時からいつも頼んでいた「老赤帽」も「ホームに起《た》って見送ってくれた」ことが記されるのみ。

「もう大分歳を取っている。そうは云ってもまた来る折があるか知れないが、何しろ達者でいろと彼の為に念じた」

との老赤帽に対する思いに、八代への惜別の念がこもる。

親友が他界し、愛猫は行方不明となり、そしてお気に入りの旅館が営業を停止する。親しんできた存在との別れが相次いだこの頃の百閒だが、自身の年齢についても、思うところはあったに違いない。「摩阿陀会」は、還暦を迎えたのに「まだ」生きているのか、というネーミングだが、百閒が還暦を迎えた昭和二十四年（一九四九）当時は、戦争直後ということもあり、日本人男性の平均寿命は六十歳に届いていなかった。六十歳で「まだ生きているのか」は、間違った感覚ではなかったのだ。

一回目の「特別阿房列車」の旅が行われたのは、百閒が還暦を迎えた年。自身の年齢を意識して「好きな鉄道に乗っておきたい」と思った部分も、あったのではないか。

四回目の旅「東北本線／奥羽本線阿房列車」で、百閒は仙山線に乗っている。列車が山寺《やまでら》駅に停車した時、芭蕉が「閑《しず》さや岩に沁み入る蟬の声」を詠んだ立石寺《りゆうしやくじ》の案内板があるのを見て百閒は、

「汽車から降りて行って見たい気もするが、それは又今度の事、その今度と云うのはいつの事か解らない」

と思っている。

若者の「今度」と、平均寿命を過ぎた人の「今度」は違う。百閒の場合は、「今度」が来るかどうかわからない、との意を含めての「いつの事か解らない」であろう。

百閒は、自身が決して若くはなかったからこそ、八代を頻繁に訪れたのではないかと私は思う。確実にやってくる「今度」として、百閒は八代を愛した。故郷であれ、宮城道雄であれ、ノラであれ、松浜軒であれ。「常」を愛しすぎたからこそ、百閒は「常」を失うことに深く傷ついたのだ。

宮脇俊三は五十一歳でデビューし、その後四半世紀の作家人生を送った。既に五〇代であったこともあり、デビュー作『時刻表2万キロ』から、「今度」があるのか否かについて、思いを致している。

この本で最初に描かれる旅において宮脇は、神岡《かみおか》線（第三セクター移管の後、廃線に）、富山港線（第三セクターに移管され、路面電車として現存）、氷見《ひみ》線、越美《えつみ》北線に乗りに来ている。帰りは越美南線経由で名古屋に出るべく、越美北線の終点の九頭竜湖《くずりゅうこ》駅からバスで越美南線の美濃白鳥《みのしろとり》駅へと向かった。

「白鳥の町の入口にかかる長良川の橋のたもと」でバスを降りた、宮脇。この場所は二年前にも来たことがあり、「バスを降りたとたんに二年という時間が短絡した」。「旅行をしていて何年ぶりかにおなじ場所に来ると、しばしばこういう感じにはなる」のであり、この二年間にあった多くのことが思い出されるのだが、「それはすべて是空だというかのように、あのときとおなじ川と橋がある」。

年をとると時間の流れが早く感じられるものだが、二度目にその地を訪れた宮脇は、時間の経過を実感しつつ、「三度目はどうなるのだろうか」と思う。そしてすぐに「しかし、もう一度この白鳥を訪れることは、おそらくないだろう」との結論を出すのだった。

宮脇は、子供の頃からの鉄セレブである上に、『時刻表2万キロ』において国鉄完乗を成し遂げているが故に、国内においてはたいていの場所が「曾遊の地」である。加えて記憶力が抜群に良いため、「曾て」のことをはっきりと思い出すことができる。

たとえば『日本探見二泊三日』に収められる「親不知の険から山姥の里へ」。宮脇は親不知《おやしらず》にほど近い外波《となみ》集落の民宿で日本海の味覚を堪能《たんのう》した翌日、国道から海岸へと下りる遊歩道を通って、かつて旅人達を難儀させた親不知の海岸を見に行っている。

その時に目にしたのは、旧北陸本線の廃線のトンネル。この辺りは山が海際まで迫っているため、崖《がけ》崩れ等が頻発していた。海際を走っていた北陸本線もしばしば被害を受けていたため、「複線電化の際、旧線を廃棄してトンネルばかりの新線を建設した」のだ。

旧線のトンネルの上部が、蒸気機関車の煤《すす》によって黒ずんでいるのを目にした宮脇の脳裏に甦《よみがえ》ったのは、初めて北陸本線に乗った昭和十六年（一九四一）の時の記憶だった。日中事変が膠着《こうちゃく》状態となり、中学生の宮脇は、学校で厳しく「不急不要」の旅はしないようにと命じられる。しかしそんな宮脇に父が「好きなところへ連れて行ってやる」と言い、夏に黒部峡谷へ行くことになったのだ。

その時に乗ったのが、上野発の急行６０１列車信越本線経由大阪行。直江津《なおえつ》まで信越本線を通り、北陸本線の線路へと進む列車である。『時刻表昭和史』では、

「列車は親不知を走った。現在の北陸本線は線路がつけ替えられて地勢の険しい箇所は長いトンネルで抜けてしまうが、当時は短いトンネルの合間から親不知の険がわずかながら見えた」

と記される。中学生の頃から五〇年近くが経って六十三歳となっていた宮脇は、北陸本線の旧線のトンネル跡を見て、

「あのとき通ったのはこのトンネルだったかと思うと、半世紀の昔が、それこそタイム・トンネルで一瞬にして甦ってきた。この半世紀の日本の歴史の変化のはげしかったこと！」

との思いを抱く。そして、

「もう若くないのは悲しいけれど、二・二六事件の鉄砲の音を聞き、アメリカに完敗しながら今日の経済的繁栄へと進んだ摩訶不思議な時代に生きたことは、歴史の見物人として最上のタイミングだったと思う」

と、来し方を振り返った。

宮脇は平成五年（一九九三）、六十六歳の時の自筆年表に「だんだん取材旅行が減ってきた。月によっては『日本通史の旅』だけになる。注文による旅行が億劫である」と書いている。「日本通史の旅」は、「小説現代」に連載された、年代順に日本史ゆかりの地を巡る歴史紀行シリーズ。同年の十二月には、その連載において、道元《どうげん》ゆかりの永平寺《えいへいじ》を訪れている。

参道の杉並木を見て思ったのは、二〇年前にそこへ来た時のこと。そして、

「何十年かぶりに同じところへ来ると、いつもわびしい感慨をおぼえる。歳月の経過の早さと人生のはかなさが身にしみる。この二〇年間の私は幸運にも恵まれて充実した後半生を送っているのだが、それは世俗のことであって、永平寺の杉一本にも及ばない」（『平安鎌倉史紀行』）

と思うのだ。

「日本通史の旅」の連載はその後も続くが、シリーズ完結編『室町戦国史紀行』は、「関ヶ原の戦い」で終わっている。史跡がある山のふもとまで来たのに、七十二歳の宮脇は、その山を登ることができなかった。前回、同じ地に来た時は道がぬかるんで登ることができなかったのが、その時は快晴にもかかわらず、登る体力がなかったのだ。

あとがきには、関ヶ原への旅の時に、

「私には史跡めぐりをする力がないことを自覚しました。石段の上に目指すものがあっても登れないのです」

とある。江戸時代まで通史の旅を続けてほしいという編集部の要望があったにもかかわらず、宮脇は関ヶ原への旅をもって、連載の続行を断念した。

曾遊の地を訪れることは、自身が歩んできた道のりを再確認することでもある。「曾て」と現在を比べれば、鉄道も変われば時代も変わるが、自分自身もまた大きく変わっている。旅は、人生を計るものさしでもあるのだ。

17

旅を書く・内田百閒編

紀行文を読むのは楽しいが、紀行文を書くことが楽しいとは限らない。紀行文を書く時は、楽しかった遠足についての作文を書くのがつらかった子供の頃と同じような感覚を、私は今も覚えるのだ。

ページをめくる手が止まらなくなる内田百閒「阿房列車」シリーズは、きっとスピード感をもって執筆されたのではないかと思えてくる。しかし、旅の随行役であるヒマラヤ山系こと平山三郎の著書『阿房列車物語　百鬼園回想』によると、「阿房列車」の筆の進みは、かなり遅かったようだ。

前にも記したように、鉄道省（当時）の機関誌の編集をしていた平山が、敬愛していた百閒に原稿を依頼したのが、二人のそもそもの出会い。

「国有鉄道にヒマラヤ山系と呼ぶ職員がいて年来の入魂《じゅっこん》である」

ということで、「年は若いし邪魔にもならぬから」と、百閒は平山を旅の供とした。平山は「特別阿房列車」当時三十三歳。当然ながら国鉄には通じているし、酒の付き合いもできる。百閒の気難しさも、うまくスルーできるタイプの人であったようだ。

平山の存在は、「阿房列車」に独特の可笑《おか》しみをもたらしている。平山は、「ドブ鼠」だの「死んだ猫」だのと百閒から散々な書かれようだが、意に介する風もなく随行している。自分を主張することなく、時に一〇日近くも続く旅を淡々と進めていく平山は、百閒にとって最高の女房役(という言い方は今となっては差別的なのかもしれないが、この場合最も適した表現かと思われる)。一つのものに固執する百閒にとって、旅の相棒は、平山の他に考えられなかったのだろう。

百閒から「貴君」と呼ばれるヒマラヤ山系は、百閒が何を言っても、

「はあ」

と答えることでお馴染《なじ》みだが、この「貴君」と「はあ」が、阿房列車の旅には独特のリズムをもたらしている。ヒマラヤ山系なしに「阿房列車」はスタートしないし、ゴールもしないのだ。

平山は、百閒の原稿の校正など、秘書的な役割も果たしていた。その手元には最初の「特別阿房列車」から「雷九州阿房列車」までの生原稿が遺《のこ》されており、そこには各編について何日

に何枚書いたかが、百閒によって記録されていた。

「特別阿房列車」は、四百字詰原稿用紙で五十六枚であり、これを書くのに二〇日かかっている。二本目の「区間阿房列車」は、一〇二枚の原稿を、約五〇日かけて執筆。日によって異なるが、一日に二枚から四枚程度のスピードであり、同時に進行させていた原稿が無いことを考えると、なかなかの遅筆と言えよう。

二泊三日の旅のことが一〇〇枚以上にわたって書かれている「区間阿房列車」だが、このうちの約二〇枚は、実は旅に出る前にできていた、と平山は明かしている。旅に出ずして旅について書くことは可能なのか、と「区間阿房列車」を読み返すと、この阿房列車をどこへ走らせるかについての思案や、かつての旅の話などが続き、実際の旅はいっこうにスタートしない。一〇〇枚の原稿のうちの冒頭からの約四分の一ほどが旅の〝前日談〟なので、確かに事前に書いておくことが可能なのだ。

旅立つ前から紀行を書くという尋常ではない手法が示すように、「阿房列車」は尋常の紀行ではない。鉄道紀行の嚆矢《こうし》とされている「阿房列車」だが、それは鉄道紀行としてはベーシックなスタイルではなく、今に至るまで誰にも真似することができない、鉄道紀行界、というよりは紀行界の独立峰としてそびえる作品となっている。

ゼロから創造するのではなく、既にしてきた旅の経験がある分、紀行はラクに書くことができるのではないかと思う人もいよう。が、紀行は、経験してきたことをそのまま書くものではない。時には、自身が経験した事実が、筆を縛ることもある。

自分がしてきた旅の、どの部分を書くか。その選択が紀行の出来栄えを左右するが、反対に言うとそれは、「何を書かないか」ということでもある。

「阿房列車」において百閒は、普通の人であればおおいに熱を入れて書くであろう部分に全く触れなかったり、さらっと通り過ぎることがしばしばある。「汽車を目の中に入れて走らせても痛くない程汽車が好き」なのに、鉄道への愛を綿々と書くことはしない。車両やダイヤに対する知識も深かったようだが、その手の知識を開陳することもないのだ。

さらには「汽車は好きだけれども旅行という観念はキライ」なので、名所旧跡にたまに行っても、反応は薄い。それよりも、ヒマラヤ山系との会話、それも旅とは関係のない雑談が、分厚く書かれることもしばしばである。

阿房列車の旅では、戦争の爪痕《つめあと》に接することもあった。しかし戦跡の扱いも、名所旧跡の扱いと特に変わるものではない。

「鹿児島阿房列車」では、九州に入る前に呉線に乗り、その後広島で一泊している。翌日は、ヒマラヤ山系の知人である国鉄職員の「甘木《あまき》くん」(阿房列車には「甘木くん」が何度も登場するが、同一人物ではない。「某」を分解しての「甘木」)の案内で広島を回り、相生橋《あいおいばし》で車からおりて「産業物産館の骸骨」を見ている。

戦争時の名称は「広島県産業奨励館」であったこの建物は、今で言う原爆ドーム(言葉を正しく使用することにこだわる百閒は、原子爆弾を「原爆」と言うことは嫌ったであろうが)。

百閒はそれについて、

「天辺の円塔の鉄骨が空にささり、颱風の余波の千切れ雲がその向うを流れている。物産館のうしろの方で、馬鹿に声の長い雞の鳴くのが聞こえる。又自動車へ乗ってそこいらを廻り、それから駅へ出た」

とだけ書いている。

「鹿児島阿房列車」の旅は、昭和二十六年(一九五一)に行われている。それは原爆投下の六年後であり、戦争の記憶も傷跡も、まだ生々しかったはず。不戦への誓いや悲歎や同情ではなく、そこに響く雞《にわとり》の声についてのみ記されることによって、読者の脳裏には原爆ドームの姿が、かえってくっきりと結ばれる。

その後、博多で一泊した後に鹿児島に着いた百閒は、ヒマラヤ山系の知人である国鉄の垂逸《たれそれ》君と何樫《なにがし》君の案内で、名所を巡っている。

西郷隆盛が、薩摩《さつま》の士族の子弟のために開いた「私学校」の跡地を通ると、

「まわりを取り巻いた石垣の石の肌に、点点と小さな穴が散らばって、穴の緑を青苔が覆っている」

という光景が見られた。それは、西南戦争の時に官軍が撃った銃弾の跡であり、

「遠い気持がするけれど、歳月がその痕を苔で塗り潰すのをほっておけばいい。つい一昨日広

島で見た相生橋畔の廃墟と比治山の見晴らしには、犬が吠えても雉が鳴いても、人に恨みがあるものか無いものか、と云っているのではないかと思った」

と続く。

百閒は広島で原爆ドームを見る前に、市街地を見下ろすことができる比治山《ひじやま》にも登り、どこかで鳴く犬の声を聞いていた。原爆投下から六年後の、

「向うに山があって、川が流れていて、海が見える」

との景色に犬の声が響くという切り取り方は、俳句のような感慨をもたらし、この地にこれから時が降り積んで行くことを感じさせる。そういえば百閒は、高等学校時代から俳句を詠む人であった。

二年後の昭和二十八年（一九五三）には、「長崎阿房列車」の旅が行われている。長崎市内に二泊している百閒だが、原爆のことについては、原稿で全く触れていない。阿房列車シリーズ終了後に書かれた随筆「九州のゆかり」において「長崎阿房列車」の旅を回想する中で、

「今度の戦争で受けた惨禍の跡など気の毒で見る気になれない」

と書いているのみ。

「阿房列車」の旅がスタートした時は、既に三畳間が三つ並んだ「三畳御殿」に引っ越していたが、百閒も空襲で家を焼かれ、三年間の小屋暮らしを余儀なくされた身である。自身の故郷である岡山も、空襲で焼かれた。変わってしまった故郷を見るのが嫌で岡山に行かなかった百

閒にとって、日本のあちこちに残っていたであろう戦争の影を「書かない」ことが鎮魂の手法だったのではないかと、私は思う。

「九州のゆかり」には、「阿房列車」の旅を題材にとりつつ、「阿房列車」の原稿では取り上げていなかったことについても、書かれている。ヒマラヤ山系が「比良君《ひら》」になっていたりもして、読者としては、違う旅について読んでいるような気持ちにもなる。

平山三郎は自著の中で、とある座談の中で百閒が、旅から帰ってきてすぐにその旅について書くのは、本当は好きではないと語ったことを紹介している。旅から帰って一年、二年と経つと大抵のことは忘れてしまうけれど、

「それを今度自分で自分の気持の様に綴り合はせる。その方が真実だ。行つて来た儘《まま》の直接経験と云ふものは粗末なものです」

「暫らく間を置いた方が、本当のリアリズムになります」

ということなのだ。

なるほど、と思いつつも、とはいえ紀行文の締め切りを一年、二年先に設定してくれる出版社はあったのかしらと思えば百閒も、

「さうは云つても、売文の起《た》ち場からなかなかさう行かないんでね」

と言っている。「阿房列車」の原稿の進みが遅いのも、旅から戻ってから書くまでに、なる

べく長く時間をとるための手法だったのかもしれない。

紀行文は、一般的にはノンフィクションとされている。行っていないところに「行った」とは書かないし、見ていないものを「見た」とは書かないだろう、と読者は思っているのだ。行っていないところに「行った」と書いたとて罪ではないが、そうなると紀行文というよりは小説になってこよう。

「阿房列車」も、行っていないところに「行った」とは書いていないが、しかし普通の人には見えないが百閒には見えていたらしいものについての記述は、見ることができる。松浜軒の池に怪しい水神の目玉を見、出雲では神様に化けた狐と一献かたむける。それは、百閒にとっての「事実」である。

「阿房列車」シリーズ最後の「不知火阿房列車」には「列車寝台の猿」との副題がついているが、この旅で百閒は、猿のような人間につきまとわれている。

宮崎から鹿児島へと巡った百閒は、鹿児島からそのまま東京へ帰ることはせず、例によって八代へ向かう。すると鹿児島本線の車中で、猿のような男にじろじろと見られるのだった。出立の前夜、夢の中で百閒の寝巻を引っぱった猿が、この男なのでは……という恐怖心が、そこで湧いてくる。

八代で楽しく二晩を過ごした後、帰京のため東京行の「きりしま」に乗ると、今度は食堂車に、その猿男が乗っていた。猿男はここでも、百閒の顔をじろじろと見ている。

その後、百閒がコンパートメントの寝台で横になると、入り口のドアのガラスに映ったのは、猿の影。うつらうつらとすれば、今度は何かがのしかかってきて、

「猿がどうしたと云うのです。

人の事をしつこい。

どこまで行っても同じ事ばっかり。

そんなに気になるなら、キキキ」

と、ぶつぶつと語り始める……。

翌朝目がさめると、列車が走っているのは関ヶ原の辺りだった。隣の一等車に行ってみると、またもややってくる猿男。百閒達の向かいに座った猿男は、百閒を見ながら酒を飲む。

……というところで、「不知火阿房列車」は終わり。「冥途」などにしてもそうだが、百閒の作品の中には、現実なのか幻想なのか、随筆なのか小説なのかも謎、というものがある。「阿房列車」シリーズは極めて現実寄りの作品であり、平山も著書『実歴阿房列車先生』では、

「先生が阿房列車で記述される文章は、いちいちすべて嘘はない」

と書いているが、それでも旅のところどころに、異界への入り口がぽっかりと開いている。猿男によってその入り口へと突き落とされそうになったところで、「阿房列車」シリーズは終了するのだ。

そこに大団円的な盛り上がりや、旅の総括といったものは、ない。特に目的もなく始まった旅は、特に意味もなく、ぽそっと終わる。猿男の登場によって、読者としては今までの旅が現実であったかどうかも定かでないような気持ちにすらなって、阿房列車の終点は謎めいた煙に包まれるのだった。

百閒は、「これが最後だ」と思いながら「不知火阿房列車」の旅をしたわけではあるまい。これで終わるかもしれないし、また行きたいと思えば行くかもしれないし、行ったとしてもそれを原稿に書くかどうかもわからない。……そんな感覚で、それぞれの旅をしていたのではないか。

百閒は阿房列車の旅から、徹底して「意味」を取り除いている。もしかしたら、「戦争も終わって、自分も還暦を迎えたし、心残りがないように」とか「戦後の日本を見てみたい」といった気持ちがあったのかもしれない。しかし作品としての「阿房列車」からは、その手の意味づけは一切見えず、自分を見つめ直すわけでも、戦後の日本を見つめ直すわけでもなく、物見遊山ですらないその旅は、実は旅ですらないのだった。

「区間阿房列車」の、旅に出る前に既に書いておいた冒頭部分には、阿房列車は必ずしも遠くに行く必要はない、とある。市電を借り切って乗るだけでもいいのだ、と。

残念ながら「市電阿房列車」は実現しなかったが、速くなくても立派でなくても、列車であれば乗りたい百閒。芸術院会員に推挙された時、「イヤダカラ」という理由で辞退したように、世間が求める理屈や意味を超越した「乗りたいから乗りたい」という感覚が、そこにはある。「乗りたいから」というだけで、意味なく列車に乗ってどこかへ行く大人が存在することを世に知らしめた、百閒。百閒が開いた扉、ではなくて百閒が敷いた線路の上を、その後多くの人が走っていくことになるのだった。

18

旅を書く・宮脇俊三編

中央公論社での編集者時代は数々のベストセラーを刊行し、若くして「中央公論」「婦人公論」の編集長を歴任。常務取締役だった五十一歳で会社を辞め、その翌月に『時刻表2万キロ』を刊行するとベストセラーに。以降、売れっ子の鉄道紀行作家として執筆を続ける。

……という宮脇俊三の仕事人生は、当時の多くの人々、特に同年代の男性を羨《うらや》ましがらせた。会社員として成功しつつも会社に身を捧《ささ》げることなく、潔く見切りをつけて自分の好きな道へと進めば、そちらでもすぐに成功を収めたのだから。

自筆年表を見ると、会社員時代の宮脇は、様々な苦難に見舞われている。特に管理職となって以降、組合問題には苦慮したようだ。辞める前にも二度ほど辞表を出したことがあり、実際に受理されたのは三度目の辞表だった。

会社を辞めた後の解放感はさぞや、と思うのだが、宮脇の二冊目の著書『最長片道切符の

旅』の冒頭の文は、

「自由は、あり過ぎると扱いに困る」

というもの。もちろんそこには、会社員生活からの解放を無邪気に喜ぶことへの恥じらいもあろう。が、急にもたらされた膨大な「自由」に戸惑う気持ちがあったことも、事実ではないか。

会社員時代の宮脇は、金曜日の夜から月曜日の朝までの時間を使って鉄道に乗ることが常であった。デビュー作『時刻表2万キロ』に記された旅は全て、そのような条件下で行われていた。

会社を辞めると一転、いつ旅に出てもよいという状況となる。会社員としての制約の中で、いかに効率よく列車に乗るかと考えるところに妙味があったのが、自由の身になったら「時刻表をひもどく楽しみが減殺され」たと『最長片道切符の旅』には続く。芥川龍之介《あくたがわりゅうのすけ》『芋粥』の主人公のような心境とも言えよう。

そこで宮脇は、

「自由を享受しながら制約をつくりだし、時刻表の楽しみを回復するにはどうしたらよいのか」

と思案する。導き出したのが、北海道から九州まで、最長片道切符で旅をするという計画だった。

同じ駅を二度通らず、一筆書きの要領で可能な限り長距離を走るというこの〝遊び〟は、既に鉄道ファンの一部で行われており、決定版と言われるルートも存在していた。宮脇は、その〃正解〃を見ないで、自身でルートを作成。最後に〃正解〃と照らし合わせると、そちらの方がやや長いルートを通っていたので決定版を採用し、北海道の広尾《ひろお》から鹿児島の枕崎まで、三十四日間の旅を何回かに分けて敢行した。

会社という制約を失うと同時に、自身で別の制約をつくりだす。この感覚は、鉄道好きならではのものかもしれない。鉄道は「線路という、輸送効率は高いが不自由なものに縛られている点に最大の特色がある」。だからこそ「鉄道施設は他の輸送機関とは比較にならぬほど複雑であり、精緻をきわめたダイヤグラム（時刻表）を必要とする。そこが面白い」（『旅は自由席』）のだから。

鉄道は、自動車のように好きな時間に出発して、好きな道を進むわけにはいかない。線路とダイヤグラムによって二重に拘束される運命にあるが、鉄道好き達はその拘束の中でどのように自分の意思を貫くかを考えるところに、悦《よろこ》びを感じるのだ。

鉄道好き達は、時にダイヤグラムに文句をつけたりもする。つまり「縛り方がなっていない」と、鉄道会社へ不満を抱くのだ。そればかりではない。なぜこのような味気ない車両を使うのか。あの路線を廃線にするとは何たること。……などと様々な不満を抱くのだが、それらの背景に存在するのは、

「もっと上手に縛ってくれ。そしてもっと気持ちよくさせてくれ」

という心の声。

鉄道紀行の中で宮脇は、いわゆるオタク的知識を開陳することはあまりない。だからこそ鉄道ファン以外の読者からの人気をも得たのだが、そんな中で『時刻表ひとり旅』は、珍しくオタク精神を解放させた書である。時刻表とはどのようなものかという解説から始まり、自分でもダイヤグラムのスジを引いて楽しむことがあるとの告白をしているが、中でも「つくりたい駅、走らせたい列車」という章では、自身の欲望を存分にふくらませている。時刻表を読んでいると、「これじゃあダメだ」「こうすればいいのになあ」と思う部分があちこちに出てくるのだそうで、「自分ならこうする」というプランが記されているのだ。

また『線路のない時刻表』は、完成しないままに工事が中止となった新線をたどる紀行集だが、宮脇は事前に「もしも開通したらこうなるのでは」と架空の時刻表を自作してから、旅に出ている。その後、第三セクターなどの姿となって本当に開通すると、自身の時刻表と、本当の時刻表との〝答え合わせ〟をも行うという徹底ぶり。

現在では、自身が考えた架空の鉄道をウェブ上などで披露する人も多い。宮脇が四〇年前から、既に「自分ならこう縛る」という手さばきを見せていたことを思うと、昔も今も鉄道好き達は、理想とする縛られ方を自分で考えずにはいられないことがわかるのだった。

宮脇が会社から解放された直後に、最長片道切符という新たな制約を自分に課したのは、そんな鉄道好きの性癖を考えると当然だったのだろう。昭和五十三年（一九七八）六月に会社を辞め、夏いっぱいかけて最長片道切符の旅のルートを作成し、十月から二ヶ月ほどかけてその旅を決行。そこから執筆にとりかかった後、翌年十月に刊行された『最長片道切符の旅』もベストセラーとなり、鉄道紀行作家としての軌道も定まっていったのだ。

その後も宮脇は、自ら決めたルールに従って旅をすることがあった。「日本通史の旅」シリーズでは、史跡を年代順に巡るというルールを、自らに課している。たとえば『平安鎌倉史紀行』で院政の舞台となった鳥羽《とば》離宮跡を訪れた時は、保元《ほうげん》の乱の発端にかかわる安楽寿院《あんらくじゆいん》という寺がすぐ近くにあるにもかかわらず、

「しかし、いまこの寺を見物しては『時代順厳守』のわが旅の原則に反する」

ということで「目をつぶって過ぎる」。そして三ヶ月後の旅で「いよいよ保元、平治の乱だ」となって、以前の取材で前を素通りした安楽寿院を、再び訪れるのだ。

自らに課したルールを愚直なまでに遵守する宮脇は、ここでも縛られることを楽しんでいる。きっちり年代順に史跡を巡るために、史実があった「年」だけでなく「月」「日」まで調査。旅先でもルート選定作業を続けるために鞄《かばん》は資料で重くなり、調べているうちに睡眠時間は削られるけれど、

「その作業は楽しい。こんなことばかりして暮らしていけたらと思うほど楽しい」

と、時の経過を忘れて没頭するのだ。

宮脇は、他人が決めたルールでも、楽しむことができた。編集者から「国鉄を使わずに東京

から大阪に行く」というプランを提示され、その旅に意義やら意味やらがあるのだろうか、と疑問に思いつつも、

「東京を朝発ってその日のうちに大阪へ着いてみたい」

などという欲求も湧いてきて、ついプランを立ててしまう（『旅の終りは個室寝台車』）。

また、「東京の地下鉄に一日で全て乗る」というプランを持ちかけられた時は、地下鉄は乗っていてそれほど面白いものでもないのだが、と思いつつも、

「はたして一日で全部乗れますかな」

などと答えて、ルートを考え出すのだ（『汽車との散歩』）。

旅の計画を練る楽しさは「しばしば実際の旅行を凌駕する」（『旅の終りは個室寝台車』）とあるように、旅程を考える宮脇は、いつも生き生きとしている。もちろん実際に鉄道に乗ることも楽しいのであり、旅に出ると体調が好転して食欲が増すのが常であったことは、以前も書いた通り。しかし、既に終わった旅について書くことはどうだったのかというと、旅の計画・実行の時とは一転して、トーンダウンするのだった。

宮脇は著書の中でしばしば、原稿を書くことのつらさについて触れている。旅から戻って机に向かえば、一日の旅のことを書くのに何日もかかる。頭をかきむしりつつ書くうちに、旅で増えた体重も次第に減ってしまう……。

自分の中に溜《た》まっているものを出すという意味で、随筆を書くことは排泄《はいせつ》に近い部分があり、

宮脇も『時刻表2万キロ』については「排泄作用のような本だったから楽に書けた」としている。が、会社を辞めて以降、「仕事として書くとなるととんでもない苦労であることがわかってきた」（『駅は見ている』）のだ。

作家となった当初、「書くために旅行する」ことを重く捉《とら》えた宮脇は、旅の間に詳細なメモをとっていた。すると旅の楽しさが失われ、

「旅行記を書かねばならぬという意識が重く澱んでいた。私にとって唯一の憩いの場、聖域が侵されてしまったのである」（『駅は見ている』）

という状態になる。

逐一メモをとることはその後やめたが、しかし書くことが楽になったわけではない。原稿執筆時の呻吟《しんぎん》ぶりは、宮脇が各所に書いている通り。

「旅」誌の宮脇俊三特集号において、「紀行文を書く上で留意しているのは？」との読者の質問に対して、

「読む人よりも自分の方が面白がっちゃいけない。楽しそうに書いてる旅行記って面白くないんですよ。なるべく押さえて、やさしい文章でできるだけ正確で、なおかつ価値があり面白ければいいんで、そういうことだけ書こうと心がけています」

と宮脇は答えている。二〇〇〇年に出たこの「旅」誌を私は折に触れて読んでいるのだが、旅行記をそのように書くことの難しさは、年をとる毎に身にしみる。

18

宮脇は、読者が読んで価値のある旅行記を書くため、「旅行」を一度解体し、ゼロから積み上げ直している。日本庭園はいかにも自然な風景に見えながら人工美の極致にあるものだが、宮脇の文章も、旅そのままのような読み心地であるけれど、それは体験と教養とを細心の注意をもって組み上げ直した、巧緻《こうち》な作品なのだ。

中でも宮脇が気を配ったのは、読者に何らかの「得」をしてもらうことだった。鉄道に関する知識だけでなく、車窓の風景から歴史を説き、旅先の山河から日本の地理を見るという視線の持ち方を、読者にもたらしたのだ。

『線路の果てに旅がある』の文庫解説では、渡瀬夏彦《わたせなつひこ》氏が、

「カネとって読んでもらうのにたえるもん書こうと思って、ちょっと努力してますから。命縮める思いで、だらしない文章書いているわけです。つるりと喉越しのいいソーメンを作るのも大変なんですよ」

という宮脇のインタビュー中の言葉を紹介している。誰にとっても面白く読みやすい紀行を「つるりとした喉越しのいいソーメン」と喩《たと》えたのだが、宮脇は喉《のど》越しだけでなく、読者に滋養がつくような栄養分をも、ソーメンに含ませた。

抑制の利いた文章、読者のためになる知識、そしてわかりやすさと面白さ。宮脇が自らの原稿に課したハードルは、高い。名編集者の視線で自らを見ていたからこその厳しさだったのだろうし、読者から「カネ」をとっているという意識も、長い編集者生活の中で培われたもので

はないか。

旅が規制で縛られると、かえってやる気が出た宮脇であったが、しかし書くという行為にかけた規制は、自身を苦しめた。「命縮める思い」との言葉は、冗談で言ったわけではあるまい。

しかし読む側は、ソーメンの喉越しがよければよいほど、書き手も楽しく書いているに違いないと誤解する。

「趣味が実益、結構なことですな」

といったことも、嫉妬《しっと》まじりにしばしば言われたようだ。

会社を辞めて作家となってから一〇年が経った昭和六十三年（一九八八）に、宮脇は「自分と出会う」というエッセイを書いている。本来であれば定年を迎えている年齢となったが、作家に定年はない。「高度成長時代の働きばちとして全力を会社にささげ、定年後は時間をもて余している人たちにとって、私のような生き方は羨望と嫉妬の的であるらしい」との自覚も、持っている。

しかし宮脇はそこで、今の状況は「たまたまの巡り合わせ」の結果であって、

「天職という気がしないのだ」

と書くのだった。さらには、

「やっぱり趣味は仕事にすべきじゃないな、とも思っている」

とも。

それは外野からの嫉妬を封じるための言葉でなく、心からの告白だったのだろう。鉄道を愛する純粋な気持ちに仕事という夾雑物《きょうざつぶつ》が入り込んだ時、宮脇は闇を見たのではないか。同じ頃に書かれたエッセイ「拾いもの人生」には、好きな「汽車ポッポ」の道を仕事にしたはいいが、「二〇年もやれば飽きてくる」との言葉が。さらには「心機一転して新しい仕事をやってみたいとの気持が鬱勃としている」ともあった。

内田百閒の場合は、鉄道のことを専門に書く作家ではなかった。戦争が終わって旅ができる状況となり、六〇代にして初めて本格的に鉄道紀行を書いたのである。「阿房列車」は百閒にとって、書く時に排泄的感覚を得られる作品だったように思う。

対して宮脇は、基本的には鉄道紀行を専門に書く作家だった。どんな好きなものでも、仕事として日々向き合っていれば飽きがくるが、しかし鉄道が好きという気持ちは決して消えないからこそ、その感覚はボディブローのように宮脇を苦しめたのではないか。

戦争中でも危険をかいくぐって鉄道に乗らずにいられなかった、青年時代。金曜日の朝にどこかに出かけそうな予感を覚え、時刻表と洗面道具を鞄に入れていそいそと出社した、会社員時代。……そんな時代と比べると、作家になってからの宮脇は、鉄道に接する時間はぐっと増えながらも、鉄道愛の持ち方が変わっていたのだ。

紀行作家を「天職ではない」と思うようになり、新しい仕事への興味すら抱いた、宮脇。それは今風に言うなら、紀行作家としての自分が「本当の自分ではない」という感覚であったのだろう。

　では宮脇はその時、何をしたかったのだろうか。自筆年表からは、若い頃、意外に進路の決定に迷走している様子が見られる。東大では地質学科に入るも、西洋史学科に転科。卒業後に中央公論社に入社してすぐ結核のため休職し、その間に小説を執筆。やがて小説より建築の方が向いているように思って建築家に弟子入りしたものの一年で断念し、その後で会社に復職しているのだ。

　前出「自分と出会う」には、子供の頃から「自分の持って生れた性格・資質の脆弱さが無念でたまらなかった」とある。若い頃に書いていた小説は、そんな中で「弱き者こそ幸いなれ」といった内容であったのだそう。

　紆余《うよ》曲折を経てやがて紀行作家となった宮脇は、小説家を目指していた頃を思い、「あのころ、これ以外にはないと必死になって原稿用紙に向っていた自分こそ、生涯で出会った最初にして最後の『自分』ではなかったかと思う」

とエッセイに書いた。それは若き頃への郷愁だったのか、それとも天職ではない道で成功した自分に対する違和感の吐露だったのか。宮脇は紀行作家となった後も、自ら心の片隅にある弱さを、意識し続けていた。

　宮脇は紀行作家となってから、短編小説集『殺意の風景』を刊行している。旅、鉄道、地理といった宮脇の得意なジャンルにミステリーをかけ合わせたこの本は、泉鏡花《いずみきょうか》文学賞を受賞。直木賞の候補作ともなったが、宮脇がその後、再び小説を刊行することはなかった。

19

子供の心、大人の視線

内田百閒は、東京駅の名誉駅長を務めたことがある。時は昭和二十七年（一九五二）十月。新橋～横浜間に日本で初めて鉄道が走ってから八〇年が経ったことを記念する行事の一環として、国鉄から依頼されたのだ。

名誉駅長を務めた顚末《てんまつ》を描いた随筆「時は変改す」によれば、国鉄職員達が自宅にやってきて依頼を伝えた途端に、百閒は呵呵《かか》大笑。当然のように任務を引き受けることとなる。

当日は制服制帽を着用してほしいという要望も、即座に快諾。あらゆることに難癖をつけがちな百閒が、

「もともと私は詰め襟は好きである」

ということで、自分から進んで帽子のサイズと身長を教えるほどだった。

すなわち百閒は、東京駅の名誉駅長就任という依頼を、おおいに喜んだ。名誉駅長の任務の

一つとして、当時の花形列車である大阪行の特急「はと」を発車させることがあったが、もちろんそれも、嬉《うれ》しくてたまらない。「阿房列車」シリーズの第一回である「特別阿房列車」でも乗った「はと」は、汽車であれば何でも好きな百閒が、中でも最も好む列車だった。その発車を任されるとあっては「むずむずせざるを得ない」のだ。

話はそこで終わらない。「はと」の「みずみずしい発車」を任されることは嬉しいけれど、大好きな「はと」が発車していくのを、ただ漫然と見送ってしまうことができるものだろうか、と考えた百閒は、

「発車の瞬間に、展望車のデッキに乗り込んで、行ってしまおう、と決心した」

のだ。

「はと」の最後尾には、一等車の乗客用の展望車が連結されていた。展望車にはデッキがついているのであり、発車の時にすっとホームからデッキに乗ってしまえばいい、と考えたのだ。

持病があった百閒は、健康上の不安から、かかりつけの医師にはずっとそばにいてもらいたい。国鉄職員のヒマラヤ山系だけには計画を打ち明けて、事前に医師をこっそりと「はと」に乗せておいてもらう細工もほどこした。

いよいよ当日。駅長の印である二本の金線が輝く制帽と制服を身につけ、百閒は東京駅へと赴く。「はと」の出発に際しては、マスコミや見物人もたくさん集まっている中、首尾よくホームからデッキに乗りうつることができた。

本物の駅長には、

「熱海駅の施設を視察してまいります」

と挙手して挨拶《あいさつ》。そのまま「はと」と共に去る、というコントのような展開となったのだ。

百閒、その時六十三歳。当時の平均寿命を既に越えている。しかし汽車が好きでたまらず、そして好きな汽車が目の前にいたら乗らずにはいられないという姿は、百閒の仲の良い友人であった芥川龍之介「トロッコ」における、ついトロッコに乗って遠くまで行ってしまった少年のようである。

一方の宮脇俊三も昭和六十年（一九八五）、五十八歳の時に、「オール讀物」誌の企画で、常《じよう》磐《ばん》線の取手《とりで》駅で、駅長体験をしている。百閒の東京駅と比べると、取手駅は地味な印象を受けるが、それは宮脇の希望によるものだった。取手駅を選んだ理由は色々あるのだが、首都圏の国電の終着駅であるところが、最も大きなポイントである。

「国電」とは、首都圏で運転された国鉄の近距離電車のこと。国鉄の分割民営化に伴い、国電に代わり「E電」という名称を使用しようとする動きもあったがそちらは普及せず、現在に至る。国電の終点ということで、深夜に酔って乗り過ごしてきた客を揺り起こすことを宮脇は楽しみにしていた。

駅長体験企画の依頼を受けた時、宮脇もまた喜んで引き受けている。小学生の頃、将来何になりたいかと先生に聞かれた時は、「総理大臣」「陸軍大将」といった答えが目立つ中で「電車

の運転士」と答えた宮脇。運転士でなくとも、鉄道関係の何かになりたいという願望はずっと持ち続けていたのであり、

「帽子の金線は二本、白の手袋、カッコいい。『駅長』という名称もいい。社長、組長に匹敵する」

と、ほくほくしている。

宮脇も百閒と同様、制服には敏感に反応している。当日も、紺の制服、白手袋、制帽を装着すると、

「制服制帽には魔力があって、これらを着用すると、たちまち気分が出てくる」

と、構内の巡回に出かけているのだ。

宮脇駅長は、内田駅長のように珍騒動は起こさない。二人ともターミナル駅の駅長を務めたわけだが、百閒が楽しみにしていたのは「はと」の発車であるのに対して、宮脇が楽しみにしていたのは夜、帰宅の途についた客の到着だった。酔いつぶれた客を揺り起こしたい、という願望を持っていたのは、長年会社勤めをしてきたからという理由もあったのか。

しかし夜になって取手駅に到着する電車を待ち構えていても、その日は酔客が少なく、せいぜい網棚の新聞を回収することしかできない。次第にイライラしてきた宮脇だったが、二十三時を過ぎてようやく一人、眠りこけている乗客を発見した。

勇躍その肩に手をかけ、

「取手ですよ。終点です」

と、乗客を起こす宮脇。降りていく客を眺めつつ達成感を覚えた宮脇は、「胸を張って駅長室へ引揚げた」のだ。

日々、苦悶《くもん》しつつ頭の中で文章を練り続ける宮脇にとって、網棚の新聞を片付けたり酔客を起こしたりするだけでも、身体を動かして仕事をする楽しさを覚えたのではないか。金筋二本の駅長帽を被《かぶ》った宮脇は、真剣に〝駅長ごっこ〟に取り組んだことだろう。それは、道を一筋はずれたならあり得たかもしれない「もう一つの人生」を覗《のぞ》き見る体験。制服を着た宮脇の瞳《ひとみ》には、やはり少年の時のような光が宿っていたのだと思う。

子供の頃から、鉄道が好き。その精神が大人になってもずっと変わらないところは、二人のみならず多くの鉄道ファン達に共通していよう。しかし宮脇の時代までは、子供の頃の趣味をそのまま維持している大人はまだ、含羞《がんしゅう》を覚えざるを得なかったようだ。大人の世界と子供の世界には厳然とした区別があり、年をとれば人は、特に男は、きちんとした大人になるべきだった。寿命が延びた現在のように、好きなことに没頭していられる時間は、長くなかったのだ。

宮脇は著書の中で、鉄道趣味を「児戯」と表現している。いい年をして「汽車ポッポ」に夢中であるのは子供のようだという事実に無自覚ではない、と示しているのだ。

たとえば宮脇は、先頭車両の運転席の後ろに立って前方の景色を眺めることを好む。小学校の時に将来の希望として「電車の運転士」を挙げたのも、汽車だと罐《かま》が邪魔をして思うように前の景色を見ることができないからだったが、しかし大人になって運転士にはならなかった宮脇は、乗客として列車で運転士の後ろに立つことに、いつも逡巡《しゅんじゅん》している。子供がそこに立つのであれば微笑ましいが、大人の自分が同じことをするのは如何《いかが》なものか、と思っているのだ。

だからこそ前方が眺めたい時は、列車がガラガラでない方が好ましかった。

「適度に混んでいれば、たまたま先頭部に乗り合せたような顔で前方を眺めることができる」

(『車窓はテレビより面白い』)

のだから。

百閒の場合もまた、自分の鉄道愛が子供の頃から変わっていないことを自覚している。

「子供の時から汽車が好きで好きで、それから長じて、次に年を取ったが、汽車を崇拝する気持は子供の時から少しも変らない」(「れるへ」)

と、気持ち良いほどに断言しているのであり、そこに含羞のようなものは見えない。

が、百閒はいわば「天然」の人である。「天然」などという言葉で表現すると途端に陳腐に聞こえるが、お金が入れば遣ってしまっていつも借金取りに追われ、好物は一年でも二年でも毎日食べ続け、飼い猫がいなくなれば涙を流し続けるというその姿は、岡山の造り酒屋のわがまま坊ちゃんのまま。汽車が好きで好きで、駅長なのに「はと」に飛び乗って職場から出奔するのは、そんな百閒だからできたことだろう。

対して宮脇は、「天然」ではない。だからこそ、子供の時のまま変わらない鉄道愛を恥じているという自己認識を示すのだ。

もちろん本当に恥じていたかどうかは、わからない。鉄道の世界は深く、地理や歴史、政治とも密接につながっている。宮脇にとっては一生をかけるにふさわしい趣味であったろうが、宮脇はあえて「汽車ポッポ」と表現して、都会の坊ちゃんらしいテレを示すのだった。

最近は、宮脇のように恥じらいを表明しつつ鉄道に夢中になる、という姿勢を示す人が減っている気がしてならない。かつて宮脇が遠慮がちに立っていた運転席の後ろに、子供を押しのけてかじりつくように立っている大人の姿を見ることがある。写真や映像を撮ることが好きな撮り鉄達は、少しでも良い画角のため、必死に場所とりをする姿を隠そうとはしない。

大人が堂々と鉄道愛を露呈させるようになったのは、「おたく」という言葉が人口に膾炙《かいしゃ》してからのことである。当初「おたく」という言葉には、偏執的に何かにのめり込む人という、あまり肯定的ではないイメージがあったが、次第に「一つの道をとことん極める人」的なイメージも付加されるように。鉄道おたくの存在も広く認識され、時にはその尋常ならざる鉄道知識が賞賛されるようにもなって、「鉄ちゃん」や「鉄オタ」と呼ばれる人達は、自身の愛をのびのびと顕示するようになったのだ。

宮脇がいた時代は、まだ「おたく」という言葉は、広まっていない。宮脇も「鉄道マニア」などと表現することが多いのだが、ではマニア達に対して共感を抱いていたのかというと、そうでもなさそうなのだった。

鉄道旅行している時、宮脇はあちこちでマニアに遭遇するが、そこで「おっ、ここにも同好の士が」と温かな気持ちになっているわけではない。ローカル線は地元の人のものだと思っていた宮脇であるから、マニアばかりが列車に乗っているという状態は、望ましいものではなかった。しかし自分もまた同類であることを考えると、いたたまれない気持ちになったのではないか。

『最長片道切符の旅』では、豊肥《ほうひ》本線に乗っている時、スイッチバックがある立野《たての》駅において、

「一号車普通車、二号車グリーン車、三号車……」

と、窓から首を出して自分が乗っている列車の編成を確認している老人を宮脇は目撃している。

「鉄道マニアが齢をとるとこうなるのだろうか」

と思う宮脇はこの時まだ五十一歳だが、マニアっぷりを自己規制せずに噴出させている他者の姿に対して、同類であるからこそ戸惑う気持ちを持ったのだろう。

『時刻表2万キロ』では、九州で自分が乗っていた車両の運用についてとある予想を立て、それが見事に的中するということがあった。

「この喜びはわかる人にしかわからない」

と、心の中で欣喜雀躍《きんきじやくやく》する宮脇。予想が的中したことを誰かに話したくてたまらなくなるが、その妙味を理解してくれる相手は、その場にはもちろん、東京に戻ってもいないのだった。

「鉄道友の会」の人なら話し相手になってくれるかもしれないと考えつつも、「もっとも、半狂乱の人が多いらしい」ので、わかりきったことを、と相手にされないかもしれないと思っている。

「鉄道友の会」とは、昭和二十八年（一九五三）に発足した、老舗《しにせ》かつ名門の、鉄道愛好者の団体である。そのようなマジな団体について「半狂乱の人が多いらしい」などと書けば、今なら炎上必至であろう。それはいいとして、宮脇はマニア達が集まる団体に参加する気持ちは無かったし、鉄道愛があまりに高じると常軌を逸する傾向があることも、知っていた。

だからこそ宮脇は、一人で旅をした。童子の魂を持つ百閒は、ヒマラヤ山系という秘書のような保護者のような相手と一緒でなければ旅ができなかったが、宮脇は子供の時と同じように鉄道が好きという気持ちを一人、掌《て》の上で転がしながら旅をしたのだ。

著書の中で宮脇はしばしば、列車や路線、時には駅を擬人化して見ている。米原《まいばら》駅なら「大きな仕事をしてきた老大家」。イベント列車として走る蒸気機関車は、「晴れがましく照れている」かのような「老兵」。

列車等を擬人化して見る時の宮脇の視線には、しばしば哀しみが混じっている。子供の頃は、常に畏敬《いけい》の念を持って見上げていた鉄道であったのに、宮脇が紀行作家として活動していた時期は、モータリゼーションの波に追われ、ローカル線が次々と廃線になるなど、鉄道は斜陽の乗り物となりつつあった。

また新幹線やトンネル、橋などの開通によって、日の目を見なくなる路線や駅もあった。米原駅は「老大家」だったが、宮脇がそれを感じるのは、新幹線の「ひかり」で米原を通過する時（当時、まだ「のぞみ」は登場していない）。「大きな仕事をしてきた老大家に挨拶もせずに素通りしてしまうような」気持ちを覚えていたのだ。

その視線は、既に子供のものではない。鉄道の衰退を見ることによって、宮脇は大人の視線を持たざるを得なくなった。大人として、いたわるかのように老大家や老兵を見ていたのだ。はたまた、東北本線と陸羽《りくう》東線が交わる交通の要衝だった小牛田《こごた》駅が、東北新幹線の開通時には見放されてしまうと、

「小牛田の心中を察すると同情を禁じ得ない」（『終着駅へ行ってきます』）

と、心を寄せる。当時「日本一の豪華列車」であった寝台特急「出雲1号」が東京駅で発車を待っているのを見れば、

「あすの未明には、あの旧態このうえない余部鉄橋を渡るのかと思うと、『山陰本線に入ったら道が悪いから気をつけなさいよ』と撫でてやりたくなる」（『鉄道旅行のたのしみ』）

と、心配するのであり、それはほとんど親のような視線である。

宮脇が、変わりゆく鉄道をいたわり、庇護《ひご》するかのような視線を持つようになったのに対して、百閒が世を去ったのは、昭和四十六年（一九七一）。新幹線は登場していたが百閒は乗っておらず、まだローカル線が大量に廃線となることもなく、百閒の嫌いな電車がほとんどにな

りつつも、まだぎりぎり各地で蒸気機関車が走っていた。百閒は鉄道をいたわったり庇護したりする視線を持たなくてもよい最後の時に、他界したのである。

子供の心のままで逝った百閒と、子供の心を大切にしながらも、大人の視線を身につけていった宮脇。子供の心は列車に乗る楽しさを後世に伝え、そして大人の視線は、鉄道もまた変化を続けざるを得ないものであることを、私達に教えてくれているのだろう。

20

「時は変改す」

昭和二十七年（一九五二）の鉄道記念日のイベントで、内田百閒が東京駅の名誉駅長を務めた時の顚末《てんまつ》は、随筆「時は変改す」（『立腹帖』収録）に書かれている。その書き出しは、

「駅長驚クコト勿レ時ハ変改ス
一栄一落コレ春秋」

というもの。

『大鏡』によると、菅原道真《すがわらのみちざね》が京から大宰府《だざいふ》へと落ちていく途中、播磨《はりま》国・明石において、旧知の駅長（もちろん山陽本線の駅ではなく、旅人のための馬や宿泊設備を備えた宿駅の長）に対して詠んだという漢詩の書き下し文が、この二行である。右大臣として人望も実力も兼ね備えている道真がなぜ筑紫へ、と嘆く駅長に対して、「驚くことはない。時は流れるのであり、

一たび栄えたものが落ちゆくのは季節が移り変わるのと同じこと」と道真は伝えたのだ。

東京駅の名誉駅長就任を快諾した百閒であったが、しかし国鉄に対して思うところはあった。当時の国鉄総裁は、長崎惣之助《ながさきそうのすけ》という人物。戦時中は運輸通信省の鉄道総局長官だった長崎は、

「乗客に対するサービスなど不要」

といったことを発言しており、百閒はおおいに不満に思っていた。しかし戦後に長崎が第三代国鉄総裁となると、

「サービス絶対主義」

と、正反対のことを言い出したのが、百閒としては我慢ならない。

時代の変化と共に言うことがガラリと変わった長崎に対する思いが、「時ハ変改ス」だった。一日駅長を務めた日、駅員への訓示においても百閒は、乗客への「サアヴィス」(これは百閒の書き方)などしないでいいのだ、ぐずぐず言うような客は、

「汽車ニ乗セテヤラナクテモヨロシイ」

などと、長崎総裁への嫌味をたっぷりと盛り込んでいる。

時は変改す。

……ということを百閒が感じたのは、しかし長崎総裁の言葉に対してだけではあるまい。戦争が終わって「阿房列車」の旅をするようになった百閒は、行く先々で「時の変改」や「一栄一落」を痛感せずにいられない現場を見たことであろう。「区間阿房列車」では、かつて東海

道本線だった区間が、御殿場線というローカル線になった姿を見て、悲哀を覚えている。八代に行く機会が多かった百間は、その行き帰りに故郷の岡山を通るのだが、戦争で変わってしまった故郷を見るのが嫌で、せいぜいホームに降りるだけ。

百間は、時の変改を望まない。好きなのはあくまで汽車であり、電車は嫌い。新橋駅も、昔の駅への愛着が強いので、新しい駅は「偽物」呼ばわり。慣れ親しんだものは、そのままの姿であり続けてほしいのだ。

そんな百間は、肥薩線に「ディゼル列車」(これも百間の書き方)が走っているのを目にしたことがある。「途中にループがある六ずかしい線路」である肥薩線は、ループ線のみならずスイッチバックも有し、日本三大車窓の一つである「矢岳越え」も見られるという、鉄道好きにとっては垂涎《すいぜん》ものの路線。ループ線やスイッチバックが必要ということは、高低差がある路線ということで鉄道の難所であるが、しかしディゼル列車は「まるでバスか何かの様にすうと出て行った」。その様を見て、

「肥薩線は私も一二度蒸気機関車で通った事があるが、何だか丸でお手軽になってしまって、これが新らしい言葉で云う開発、古くは文明開化の一端かと痛感した」(以上『立腹帖』)

と、百間は書いている。

「開発」や「文明開化」について、百間は諸手《もろて》をあげて歓迎しているわけではない。肥薩線についても、自分がかつて知っていた姿のままでいてほしかったのだ。

そんな百閒にとって、何度も通った八代の松浜軒が旅館としての営業を終了したことは、痛手であったと思われる。そうでなくとも六〇代後半は、盟友の宮城道雄が列車から転落して亡くなり、また愛猫ノラが失踪《しっそう》し……と、相次いで悲しいことが起きている。時の変改に接する度に、百閒は自分自身に対しても、

「驚クコト勿レ」

と言っていたのかもしれない。

東京駅の名誉駅長をした時のことを書いた百閒の随筆が「時は変改す」であったことを意識していたかどうかはわからないが、宮脇俊三もまた、取手駅の駅長体験をした顚末を書いた「ニセ駅長の恍惚と不安」(『汽車との散歩』収録)の中で、道真の「駅長驚クコト勿レ」に触れている。

それは駅長体験の最中、取手駅の本物の駅長に、宮脇が話を聞いている時のこと。駅長が、自らビラを配るなど増収のために様々な努力をしているとの話を聞いて、宮脇は例の漢詩を思い浮かべるのだった。駅長が国鉄に入った頃は「乗せてやる」の時代であったであろうに、わずか一代のうちに逆転するとは、との感慨を抱きつつ。

時は昭和六十年(一九八五)、国鉄分割民営化の二年前。百閒が名誉駅長を務めたのは、国鉄の輸送機能がほぼ戦前並みに回復した頃であり、鉄道はまだ花形の交通手段だった。しかしその後、飛行機や自動車の台頭等の影響で、国鉄は赤字に転落し、負債が膨らんでいく。国鉄

最後の日々、土地の名士でもある駅長が、少しでも収益を上げるべく汗をかいているという話を聞いて、宮脇は「時は変改す」との感慨を抱いたのだ。

鉄道は、簡単には変わらないイメージがある乗り物である。自動車とは違い、決まったレールを時刻表通りに走るのであり、一度敷いたレール、一度決めたダイヤは、そう簡単に変わるものではないのだ。

鉄道は、変わらないからこそ人を安心させる乗り物でもある。昭和二十年（一九四五）の八月十五日、天皇陛下による終戦の詔がラジオから流れた直後であっても時刻通りに走っていた米坂線を見たことによって、宮脇の中で止まっていた時が動き出したのは、だからこそ。百閒もまた、東京に空襲が頻発する中、「これで電車がよく動いてゐるものと感心する位の焼跡」の中を、省線に乗って日本郵船へと通っている（『東京焼盡』）。東日本大震災の時は、津波に見舞われながらも、一部区間で震災の五日後には運行を再開した三陸鉄道が走る姿に、地元の人々が力づけられた例も、私達は知っているのだ。

しかし、どんな時も決められたレールとダイヤを遵守する鉄道にも、変化は訪れる。鉄道を好む人々にとって「変化を受け入れる」ことは、大きな醍醐味《だいごみ》であると同時に、課せられた宿命でもあるのだった。

たとえば、ダイヤの改正。『時刻表昭和史』の中で宮脇は、戦前であれば丹那トンネルや関門トンネルの開通、戦後であれば特急の復活や東海道新幹線の開業など、鉄道の大きなトピックがある度に、ダイヤが白紙改正されることを無上の楽しみにしていたと書いている。

「趣味の世界にも退屈があり、新鮮な刺激をつねに求めているのだ」

と。

以前も書いたように、新線の開通も、鉄道好き達にとっては新鮮な刺激となる。百閒も岡山にいる時分、新しく開通した宇野線の一番列車に乗りに行ったし、宮脇も「誕生鉄」行為はあちこちで行っている。

そんな中で宮脇が、人生の後半で心待ちにしていたのが、青函トンネルの開通と、本州四国連絡橋の児島《こじま》・坂出ルート、すなわち瀬戸大橋の完成だった。

青函連絡船に強い思い入れを持ち、北海道に行く時は極力、青函連絡船で渡るようにしていた宮脇だったが、しかしだからといって青函トンネルに無関心であったわけではない。トンネル志向の強い宮脇としては、青函トンネルの開通をおおいに楽しみにしていたのであり、開業前に現場を見学に訪れたことも、一度や二度ではない。

また宮脇の両親は香川の出身であるため、四国は馴染《なじ》みの深い地でもあり、本四連絡橋の完成にも大きな期待を寄せていた。こちらも橋が架かる前から、近くに行く度に、工事の進展ぶりを見守っていたのだ。

青函トンネルと本四連絡橋は、共に昭和六十三年（一九八八）に開業する。計画段階から見守り続けていた六十一歳の宮脇としては、自分が生きているうちに通ることができるのかどうかを心配したこともあったトンネルと橋の、待ちに待った開業であった。

宮脇はしばしば、「待つ」ということについて考えている。青函トンネルや本四連絡橋のみならず、計画されながらも年単位で工事が遅れるなどしてなかなか出来上がらない多くの路線や施設の完成を、首を長くして待ちながら、

「鉄道に乗るのが趣味とは運のわるいことだと私は思っている。計画から実現まで歳月がかかりすぎるからである」(『線路のない時刻表』)

と、我が身を嘆く。そんな待ち遠しさを持て余した結果として書かれたのが、この『線路のない時刻表』ではなかったかと、私は思う。なかなか完成しない新線の現場に行き、自分でダイヤを作ってしまうという本書での行為は、鉄道趣味を持って生まれたことを「運が悪い」と思ってしまうほど、延々と待ち続けてきた人だからこそのもの。

そんな宮脇が最も長く待っていたのは、新幹線だった。昭和十五年(一九四〇)、東京〜下関間を九時間で走る「弾丸列車」の計画が、帝国議会で承認される。十五年計画ということで、十三歳の宮脇は「早く十五年経たないかなあ」と思いつつ、この時から「もしも弾丸列車が走ったら」と妄想し、自分でダイヤグラムのスジを引いていた。

しかし戦争で工事は中断し、敗戦で計画は撤回。十五年経っても、弾丸列車は走らなかった。やっと新幹線が新大阪まで走った時に喜び勇んで乗車したが、かつて十三歳だった少年は三十七歳に。博多まで開通した時は、四十八歳になっていたのだ。

東海道新幹線が博多まで通った後も、東北新幹線や上越新幹線等の開業を、宮脇は待ち続けている。

「限りある命なのに待ち遠しいことがやたらと多い。まるで死に急いでいるかのようだ」（『汽車との散歩』）

との文を読むと、一般の人のように「そのうち開業するだろう」くらいの感覚ではなく、まさに一日千秋の思いで真剣に「待つ」身の辛《つら》さが伝わってくる。さらには、

「東京—大阪一時間の浮上式鉄道などというのもある。こんなものをつくる必要はないと私は思うが、チラつかす奴がいるからこっちは発情してしまう。こういう計画は五〇歳以上の男の子に聞かしてはならぬことなのだ」（同）

とも。浮上式鉄道とは、リニアモーターカーのことであろう。

開通まで二十四年も待った新幹線であったが、ではその後の宮脇が新幹線を愛していたかというと、そうではないようだ。新幹線の速さ、便利さが旅を味気ないものにし、「線」ではなく「点」として旅を捉《とら》える人が増えてしまったことを、宮脇は嘆く。とはいえ便利であることは事実なので利用はするけれど、そのうちに新幹線に「乗らされている」という感覚になっていくのだった。

新幹線に対してこのような思いを抱くということは、当然ながらリニアモーターカーについては「こんなものをつくる必要はない」と思う。けれど計画をチラつかされればつい、発情し

てしまうのが、鉄道好きの性《さが》なのだ。

古い言葉で言えば「文明開化」、新しい言葉で言えば「開発」に、鉄道を愛する「少年」達がつい発情してしまう一方で、鉄道は反対方向の変化にも見舞われる。特に国鉄が赤字に転落した昭和三十年代以降は、ローカル線の廃線や減便といった、退歩の方向への変化を余儀なくされているのだ。

簡単に変わることができないからこそ、鉄道は一度変化を遂げると、元に戻すことが難しい。しかし何があっても鉄道好き達は、変化を受け止め続けるのだった。何かを愛するということは、愛する対象がどれほど無常の風になぶられようとも、対象を抱きしめ続けるということ。鉄道は地元の人のためのものなのだから、鉄道ファンは廃線に反対する立場にはないと思っていた宮脇は、廃線を寂しく思いつつも葬式鉄行為はせず、廃線跡を歩くことによって、廃線への愛をつなげていったのだ。

鉄道を愛する人々は、鉄道が醸し出す「常」の空気を享受する一方で、鉄道に乗ることによって、自らもまた無常の風の中にいることを知るのだろう。かつて乗った路線に二度、三度と乗れば、変わらずに走り続けている鉄道に対して、自分がいかに変わってしまったかが、身に沁《し》みる。そして馴染みの路線が廃線になることによって、物事には必ず終わりがあることを体感する……。

令和二年（二〇二〇）は、新型コロナウイルスの流行によって、世界中の人が大きな変化に直面した。人の移動は制限され、鉄道は今までにない苦境に立たされている。コロナ時代となってからは、人に直接会わなくても、インターネットを利用してかなりのことができるという認識も広まり、もはや東京～大阪間が九時間だ三時間だ一時間だという話ではなく、移動そのものが不要となる時代が到来するかもしれないのだ。

が、しかし。たとえ「移動せずとも、何でもできる」という時代になったとしても、

「なんにも用事がないけれど、汽車に乗って大阪へ行って来ようと思う」

という百閒の文章を思い出せば、鉄道を希求する人々の心は変わらないとの思いが、強まってくる。

阿房列車の旅で百閒は、目的地はあれど、人に会うとか仕事をするとか観光するといった「目的」は持たずに、列車に乗った。目的のために移動する人は、目的がネットで済めば移動する必要はなくなるが、目的を持たないのに鉄道に乗りたい人は、どのような状況でも移動を諦《あきら》めないだろう。

「なんにも用事がない」のに鉄道に乗っていた百閒について、宮脇は、

「ここには『文明』ではなく『文化』としての鉄道が立ち現われている」（『終着駅は始発駅』）

と書いている。どれだけ速く目的地に着くか、どれだけ効率的に利用できるか、といった観点から乗るものが、「文明」としての鉄道。だからこそ百閒は、肥薩線でバスであるかのよう

にスムーズに発車するディゼル列車に「文明開化」を感じたのだ。

「文明」は、移動に要する時間を無駄と捉え、その短縮に努めてきた。一方の「文化」としての鉄道は、無駄の中に、目には見えない意味を見ようとする。今、移動はどんどん「しなくてもいいこと」と化してきているが、世界中の「文明」に急ブレーキがかかった時代の転換期の只中《ただなか》であるからこそ、「文化」としての鉄道を求める声は、高まっているのではないか。

列車の中には、俗世とは切り離された時間が流れている。より速く移動するのではなく、より深くその地を感じるために鉄道に乗るという鉄道趣味を育てた内田百閒と宮脇俊三の著作を読み返すことによって、実際に乗ることは叶《かな》わずとも、レールに身を委《ゆだ》ねる幸いを思い起こしたい。

あとがき

内田百閒作品と宮脇俊三作品との出会いは、ほぼ同時にやってきました。それは私が中学生の頃。宮脇俊三のデビュー作『時刻表2万キロ』を、父が買ってきたのです。

父は、鉄道に興味を持っていたわけではありません。鉄道よりも車の運転の方が好きだったのですが、しかし自分とさほど年齢の違わない男性が会社を辞めて作家となり、その作品がベストセラーに。……ということで、興味をそそられたのではないか。

『時刻表2万キロ』によって鉄道紀行に目覚めたのか、父はほどなく「阿房列車」シリーズも、買ってきました。そうなると『ノラや』なども読むようになるわけで、我が家の二匹目の猫には、百閒の家にノラの後釜《あとがま》としてやってきた猫と同じ「クルツ」という名前がつけられることに。

一人では地元の電車に乗ることすらおぼつかないおぼこい中学生だった私は、二人の作家の作品を読んで、「列車に乗るだけで、これほどあちこちへと行くことができるとは！」と、それまで半分ほどしか開いていなかったまぶたが、ぱっちりと開いたような感覚を得ました。線路が日本の隅々まで繋《つな》がっていることを知って、自分の可能性が広がった気がしたのです。

かくして私は、鉄道紀行を入り口として、鉄道に興味を持つようになりました。とはいえ行動は伴っておらず、やっと初めての鉄道一人旅をしたのは、高校三年生の時（行先は金沢）。以降、細々と鉄道に乗るようになって今に至るのですが、二十代の頃に「旅」誌の企画で、宮脇俊三氏と小湊《こみなと》鐵道、いすみ鉄道に乗って車中対談をする機会に恵まれたのは、私の密かな自慢です。

酒井「あの駅員さん、何持ってるんですか」

宮脇「タブレット。単線区間内で正面衝突しないために、ここから先の通行証が入っているんです。ほら、タブレットを交換しますよ」

といった対談での会話を読み返しても、鉄道について私がいかに何も知らなかったかがわかり、「よくぞお付き合いくださった」と赤面します。のみならず私は、

「トンネルの多い線はつまらないですね。列車はやはり車窓風景を眺めるのが楽しいですから」

などとトンネルを愛する宮脇氏に言い放ったりもして、赤くなった顔が、今度は青くなってくる。

若い時分の私は、宮脇作品の抑制の効いた文章にうっとりしつつ、「この列車に乗ると、こんな場所に行くことができるのか」と、そこから主に「情報」を吸収していました。対談時も、氏から八高《はちこう》線について教えられて早速乗りに行きましたが、宮脇作品に載っていたルートを参考にして鉄道旅行に出かけることも、しばしばあったものです。

宮脇氏は平成十五（二〇〇三）年に、他界されました。私は既に、デビュー時の宮脇氏の年齢も、そして『時刻表2万キロ』を買って帰ってきた時の父の年齢をも、超えています。

今になって宮脇作品を読むと、若い頃には理解できなかった哀感が、胸に迫ります。鉄道に乗り続けるということは、変わりゆく日本と、変わりゆく自分を見続けること。それは、無常を観ずる旅だったのではないか、と。

「阿房列車」シリーズを再読すれば、百閒もまた、変わっていくことに対して、極端な敏感さを持つ人でした。空襲によって大きく姿を変えてしまった故郷を見ることに耐えられない、百閒。そんな百閒は、子供の頃に抱いた汽車を崇拝する気持ちを、決して変わることのないものとして、大切にしていたのです。

日本鉄道紀行界の巨星である内田百閒と宮脇俊三は、そんなわけで私の中では分かち難い関係にあります。二人の旅路を見つめ直すことは、私にとって鉄道という文化を日本人がどのように受け入れてきたかを見る旅となりました。

本書の連載の終盤は、新型コロナウイルスの流行と重なり、予定していた八代《やつしろ》への取材は、叶いませんでした。しかしコロナで旅が制限されたことによって、自由に鉄道に乗ることができなかった戦争中の人々や、それでも乗りにいかずにはいられなかった宮脇俊三の心境、そして戦争が終わってやっと好きな鉄道に乗ることができるようになった内田百閒の喜びに、ほんの少しではありますが、近づくことができたような気もしています。

本書を読んでくださった方が、内田百閒、宮脇俊三の著書を再び、もしくは初めて読む気持ちになったならば、著者としては幸せに思います。

最後になりましたが、このような本を書くことをお許しくださった内田家、宮脇家の皆様に、深い感謝を捧げます。

ＫＡＤＯＫＡＷＡの岸本亜紀さん、似田貝大介さん、植田真衣さんには、長い鉄旅に伴走していただきました。最後まで読んでくださった皆様へと共に、御礼申し上げます。

二〇二一年　春

酒井順子

主な参考文献

『阿呆の鳥飼』内田百閒　中公文庫
「『阿房列車』の時代と鉄道」和田洋　交通新聞社
『阿房列車物語　百鬼園回想』平山三郎　論創社
『失われた鉄道を求めて』宮脇俊三　文春文庫
『駅は見ている』宮脇俊三　角川文庫
『岡山の内田百閒』岡将男　岡山文庫
『汽車との散歩』宮脇俊三　新潮文庫
『汽車に乗った明治の文人たち　明治の鉄道紀行集』出口智之編　教育評論社
『草枕』夏目漱石　新潮文庫
『御馳走帖』内田百閒　中公文庫
『御殿場線ものがたり　たくさんのふしぎ傑作集』宮脇俊三文　黒岩保美絵　福音館書店
『最長片道切符の旅』宮脇俊三　新潮文庫
『酒呑みの自己弁護』山口瞳　ちくま文庫
『殺意の風景』宮脇俊三　光文社文庫
『サラサーテの盤　内田百閒集成4』内田百閒　ちくま文庫
『時刻表おくのほそ道』宮脇俊三　文春文庫
『時刻表2万キロ』宮脇俊三　河出文庫

『時刻表ひとり旅』宮脇俊三　講談社現代新書
『七時間半』獅子文六　ちくま文庫
『実歴阿房列車先生』平山三郎　中公文庫
『車窓はテレビより面白い』宮脇俊三　徳間文庫
『終着駅は始発駅』宮脇俊三　新潮文庫
『終着駅へ行ってきます』宮脇俊三　河出文庫
『春雪記』内田百閒　福武文庫
『昭和電車少年』実相寺昭雄　ちくま文庫
『昭和八年　澁谷驛』宮脇俊三　ＰＨＰ研究所
『増補版　時刻表昭和史』宮脇俊三　角川ソフィア文庫
『青函連絡船ものがたり　たくさんのふしぎ傑作集』宮脇俊三 文　黒岩保美 絵　福音館書店
『全線開通版　線路のない時刻表』宮脇俊三　講談社学術文庫
『線路の果てに旅がある』宮脇俊三　新潮文庫
『第一阿房列車』内田百閒　新潮文庫
『第二阿房列車』内田百閒　新潮文庫
『第三阿房列車』内田百閒　新潮文庫
『旅の終りは個室寝台車』宮脇俊三　河出文庫
『旅は自由席』宮脇俊三　新潮文庫
『たらちおの記　内田百閒集成13』内田百閒　ちくま文庫

『父・宮脇俊三への旅』宮脇灯子　角川文庫
『地理教育鉄道唱歌』大和田建樹　作詞　国書刊行会
『鉄道廃線跡を歩く』宮脇俊三　編著　ＪＴＢキャンブックス
『鉄道旅行のたのしみ』宮脇俊三　角川文庫
『東京焼盡　内田百閒集成22』内田百閒　ちくま文庫
『途中下車の味』宮脇俊三　新潮文庫
『日本探見二泊三日』宮脇俊三　角川文庫
『ノラや』内田百閒　中公文庫
『乗る旅・読む旅』宮脇俊三　角川文庫
『百鬼園写真帖　内田百閒集成24』内田百閒　ちくま文庫
『百鬼園随筆』内田百閒　新潮文庫
『百鬼園先生雑記帳　附・百閒書簡註解』平山三郎　中公文庫
『百鬼園先生よもやま話』平山三郎　編　旺文社文庫
『平安鎌倉史紀行』宮脇俊三　講談社文庫
『室町戦国史紀行』宮脇俊三　講談社文庫
『明治文學全集94　明治紀行文學集』福田清人　編　筑摩書房
『立腹帖　内田百閒集成2』内田百閒　ちくま文庫

引用部は新字新かな表記に改め、適宜ルビを加えました。
また、今日の観点から見ると不適切な表現がありますが、
当時の時代背景を考慮してそのままとしました。

初出

本書は「本の旅人」（2019年4月号～7月号）、
「カドブンノベル」（2019年9月号～2020年12月号）に掲載された
「鉄道無常　内田百閒と宮脇俊三を読む」を
改稿して単行本化いたしました。

酒井順子（さかい　じゅんこ）
1966年東京生まれ。高校在学中より、雑誌にコラムを執筆。大学卒業後、広告会社勤務を経て執筆業に専念。『負け犬の遠吠え』で第４回婦人公論文芸賞と第20回講談社エッセイ賞をダブル受賞。他に、『女子と鉄道』『下に見る人』『女流阿房列車』『子の無い人生』『男尊女子』『家族終了』『平安ガールフレンズ』『ガラスの50代』『処女の道程』など著書多数。

鉄道《てつどう》無常《むじよう》　内田《うちだ》百閒《ひやつけん》と宮脇《みやわき》俊三《しゆんぞう》を読《よ》む

2021年５月28日　初版発行
2021年12月25日　再版発行

著者／酒井順子《さかいじゆんこ》

発行者／堀内大示

発行／株式会社KADOKAWA
〒102-8177　東京都千代田区富士見2-13-3
電話　0570-002-301（ナビダイヤル）

印刷所／旭印刷株式会社

製本所／本間製本株式会社

ISBN 978-4-04-110989-2　C0095